모든
순간의   공간들

소란하지만 행복했던,
다정한 그곳에 대한 단상

모든
순간의 공간들

이주희 지음

청림출판

우리의 시간은
우리가 사는 공간에서
비로소 완성된다

고러고러한 주택이 레고 블록처럼 열을 지은 주택가, 고개만
들면 북한산이 올려다보이는 서울의 강북에서 나고 자랐다. 금빛 논
과 밭, 과실나무, 이름 모를 들꽃들이 풍경의 주인이 되는 곳은 아니
었지만 철제 대문이 마주한 골목길에서 고무줄놀이나 구슬치기, 딱
지치기를 하며 놀았고 장미가 지천으로 핀 농원에 숨어들어 그 진
한 향을 온몸에 감고 술래잡기를 했다. 허름한 목욕탕, 눅눅한 동시
상영관, 고열만 나면 달려가던 작은 의원, 동네 여인들의 머리모양
을 하나로 통일해주던 미용실, 들과 바다의 생명체들이 동창회를 하

던 골목 시장을 이리저리 뛰어다녔다. 채도 낮은 도시에서도 봄, 여름, 가을, 겨울은 제법 화려한 풍경화를 만들었고 짙은 향수鄕愁를 남겼다.

띄엄띄엄, 어렴풋한 장면으로 남아 있는 그곳, 그 시간의 추억이 없었다면 살아가며 불쑥불쑥 고개를 드는 이기심을 잠재울 그 어떤 순수함도 얻지 못했을 것이다. 내가 머물렀던 그 모든 곳은 가족, 이웃, 친구들처럼 따뜻하고 푹신한 촉감으로, 구수한 향으로, 잔잔한 노랫소리로, 아련한 실루엣으로 남아 있다.

손에 묻은 흙을 털어내며 나는 학교에 갔고, 좁은 골목을 떠나 아파트로 이사했다. 친구들과 구불구불한 기차역을 따라 더 먼 곳에 있는 산과 바다를 보러 떠났고, 국경을 넘어 다른 세상으로 나아갔다. 회사원이 되어서는 시내 한복판의 사각 빌딩에서 일하고, 뒷골목의 노포에서 먹고 마시며 일하는 기쁨과 좌절에 대해 떠들어 댔다. 소중한 이의 결혼식장에서는 그들의 새로운 출발을 응원했고, 장례식장에서는 누군가의 삶의 끝을 목격하며 애잔한 마음을 달래기도 했다. 나의 삶은 대개 그렇게 흘렀다.

사회의 적극적인 역할에서 발을 떼면서 사회로 향했던 그 길을 되돌아 나의 마을로 돌아왔다. 지금은 고개만 들면 온통 아파트, 학교, 마트가 보이는 곳에 살지만 여전히 어리숙하고 불완전한 나는 건물 틈 사이의 시장으로, 카페로, 수선집으로, 텃밭으로, 도서관으로, 스포츠 센터로 미술관으로 부지런히 몸을 움직인다. 그곳에서 나의 필요를, 욕망을, 의도를, 그리고 일상을 완성해가고 있다.

그러니까 나는, 우리는 매일 어딘가에 가서 누군가를 만나고 그곳에서의 경험을 간직한 채 돌아온다. 돌이켜 보니 태어나 자라고 성장한 모든 곳에서의 경험과 시간이 내가 존재하는 방식이었고, 타인과 연결되는 창구이자 무대였으며, 우리를 하나로 엮고 기억하는 이유가 됐다. 발길이 닿은 곳에서 직접 체득한 감각들은 깨끗하고 선명하게 남아 있고, 우리의 시간은 그렇게 우리가 사는 공간에서 비로소 완성된다.

그러다 코로나19 팬데믹으로 인해 일상에 큰 변화가 찾아왔다. 어느 날부터 당연히 드나들던 곳을 갈 수 없게 되었다. 밥을 먹고 차를 마시고 장을 보고 목욕을 하고 머리모양을 다듬는 등 숨 쉬는 것처럼 하던 일을 할 수 없었다.

공간이 없는 시간은 정체하고 기억의 공백을 남겼다. 일상의 장소, 공간이 얼마나 소중한지, 그곳이 얼마나 많은 것을 나에게 알려주었는지 깨우치는 시간이었다.

나는 다시, 문을 열고 밖으로 나간다.

오늘 내가 가는 그곳이 따스할지, 세찬 폭풍우가 칠지, 대지를 식혀줄 단비가 내릴지, 더위를 식혀줄 산들바람이 불지는 알 수 없다. 흉흉한 범죄 소식이 내 마을 앞까지 침범할지, 가시 돋친 장미 넝

쿨 사이로 마을 축제가 열릴지도 알 수 없다. 하지만 나는 오늘도 문을 열고 나아가 누군가를 만나고 그곳에서 또 하나의 경험을 들고 돌아올 것이다. 집에만 머물렀다면 결코 배우지 못했을 소중한 것들을 주머니에 넣어올 것이다.

물론 어떤 일을 하느냐에 따라, 교육, 건강, 소득 수준에 따라 즐겨 찾는 곳이 다를 것이고 시대의 변화나 일생의 흐름에 따라서도 차이가 있겠지만 누구나 공통 분모를 가지는 몇몇의 일상의 공간들과 시간이 있을 것이다.

이 책은 그런 곳에서의 추억과 경험, 그곳에서 만난 사람들과의 관계를 통해 삶의 의미를 되새기고 다시 세상을 향해 힘차게 나아가고자 하는 다짐을 담았다.

특정한 공간에서의 특정한 경험은 때로는 인생 전체보다 더 서사적이어서 하나씩 꺼내어 살피다 보니 더 확장된 나를 만날 수 있었다. 어떤 기억은 단단한 박음질로, 어떤 장소는 성긴 홀치기로 남아 있었지만 그 모두가 나를 지탱하는 대들보임을, 나라는 옷을 지은 재료임을 깨달았으니 그 모든 시간과 공간에 감사하다.

물론 같은 장소와 공간에서의 경험이라도 대상, 사건, 시간의 속도에 따라 차이가 있을 것이고 각자의 지식, 감정, 정신으로 재편집되니 서로가 기억하는 서사에는 다소의 오차가 있을지 모른다. 그런데, 그러면 또 어떠랴. 그런 소소한 편차를 공유하며 우리는 한 세대를 살아낸 동지로 연대할 것이고 함께 미래의 가능성을 만들어 갈 것이다.

건물 틈 사이, 주황색, 노란색 물감이 흩뿌려진 노을 밑을 걸으며 생각한다. 나의 아이들, 아이들의 친구들 역시 오늘 머무는 공간에서의 모든 경험을 푹신한 쿠션이나 수다스런 매미의 울음소리로 기억하길, 그래서 먼 훗날 나처럼 불쑥불쑥 꺼내 보는 앨범으로 간직하길 희망한다.

마지막으로 지극히 개인적인 추억들을 재료로 삼았지만 이리저리 체에 거르고 다지려고 노력했다. 나의 사적인 이야기를 담은 이 책이 누군가의 사색을 돕는 매개체가 되어 그동안 놓치고 있었던 추억의 공간을 떠올리고, 그 안에서 진정한 자신을 발견해보기를 감히 바란다.

차례

4장 • 나, 그대로인 듯 새롭게

5장 • 살아온 날들, 그리고 살아갈 날들

1장

타인의

시선에서

(목욕탕)

나신羅身의 만남,
따뜻한 위로와 포옹이 되길

"때를 밀기 전에 뜨거운 물에 몸을 충분히 불려야 쉽게 밀려. 빨리 탕 안으로 들어가."

엄마는 몸을 불리고 밀기를 적어도 세 번 이상 반복하라고 했다. 불대로 분 몸에서는 때수건이 스치기만 해도 회백색의 때가 후드득 쏟아졌다. 목, 가슴, 팔, 엉덩이, 다리 그리고 사각지대까지 부지런히 온몸을 밀고 나면 입술은 타들어 가고 목욕탕의 뜨거운 열기에 정신까지 아득해졌다.

샤워는 석유곤로에 물을 덥혀 일주일에 한 번, 목욕은 한 달에

한 번이 최선이던 시절이었다. 그러니 목욕탕에 가는 날이면 머리끝부터 발바닥까지 온몸의 피부를 벗겨낼 기세로 때와의 전쟁을 벌였다. 때가 별로 나오지 않는 날은 목욕비를 버린 것 같아 억울하기까지 했다.

주말이면 교회에서 죄를 고하는 성도들처럼 우리 가족은 신성한 의식을 치르듯 수유리 장미원의 '삼원 목욕탕'에서 때를 밀었다. 큰길을 사이에 두고 윗동네와 아랫동네 가운데 위치한 삼원 목욕탕은 늘 사람으로 북적댔다. 요즘 주상복합 건물처럼 한 건물에 삼원 미용실, 삼원 이발소, 삼원 독서실, 삼원 세탁소가 있었다. 그날도 엄마는 언니들과 나, 남동생을 데리고 목욕탕에 갔다. 엄마는 우리 넷을 차례로 씻기고 기진맥진해 있었다.

"불이야, 불이야."

갑자기 다급한 목소리와 함께 어디선가 연기가 피어올랐다. 엄마는 어린 남동생은 목에 매달고 딸 셋은 손에 잡히는 대로 잡아다가 탈의실로 끌어냈다. 우리는 초록 바구니에 벗어 놓은 옷 몇 가지를 (목욕탕에 사람이 많아 옷장이 꽉 차면 바구니에 옷을 벗어 놓기도 했다) 정신없이 걸치고 밖으로 뛰쳐나왔는데 언니들 머리에는 비누가, 동생 몸에는 미처 씻겨내지 못한 때가 남아 있었다. 맨발로 뛰쳐나온 엄마는 바닥에 그대로 쓰러졌다. 눈이 정강이까지 쌓인 한겨울이었다.

"야, 그때는 정말 식겁했다. 미끈거리지, 잡을 데는 없지, 넷을 겨우 끌고 나오는데. 그 와중에도 이렇게 발가벗은 채로 죽으면 참 볼만하겠다는 생각이 들더라."

엄마는 가끔 '그 시절'을 소환하며 진저리를 쳤다. 내게도 '그 날'이 어떤 흐릿한 장면으로 박제되어 있는데 사실 그것이 실제로 겪은 기억에 의한 것인지 여러 번 들어 생긴 기억인지는 잘 모르겠다.

"퍽! 퍽!"

한 여자가 시체처럼 누워 있고 속옷만 입은 다른 여자가 누워 있는 여자의 몸을 이리 뒤집고 저리 뒤집고 때로는 올라타고 앉아 목욕탕이 울릴 정도로 때려댔다. 엄마 옆에 앉아 제 몸을 스스로 씻을 수 있는 나이가 되었을 때, 목욕탕 구석에서 목격한 장면은 낯설고도 별나 보였다.

"엄마, 저 사람들 뭐 하는 거야?"

"때 밀어주는 거야."

뭐? 남이 때를 밀어준다고? 자기 엄마도 아닌데?

한 사람은 때리고 한 사람은 맞는 듯한 모습이 실은 세신洗身이고 마사지라는 것이다. 어린 눈에는 비닐장판 침대에 널브러져 누워 있는 여자들이 좀 모자라 보였다.

(목욕탕)

왜 남이 몸을 씻겨주는 거지? 자기 몸은 자기가 씻어야지, 다 큰 어른이. 어린 나도 혼자 씻는데.

시간이 흘러 나는 어른이 되었다. 여전히 '때'가 되면 '때'를 밀고 싶어 목욕탕을 찾는다. 목욕탕은 내게 '정화'의 공간이다. 뜨거운 물에 몸을 담그고 땀을 흘리고 나면, 세상 근심은 사라지고 어지러웠던 정신이 맑아진다.

작은아이를 출산하고 스스로 비닐장판 침대에 누웠다. 좀 '모자라' 보이는 건 상관없었다. 출산이 임박할 때까지 업무를 마치느라, 불혹의 나이에 4킬로가 넘는 아이를 자연분만하는 괴력을 발휘하느라 제 몸 씻을 기운은 남아 있지 않았다.

"몸에 힘 좀 빼. 그렇게 힘주고 있으면 내가 더 힘들어."

동네 목욕탕의 세신사는 두 명이었다. 저 나이에, 저 마른 몸으로 남의 몸을 밀 수 있을까 싶은 선배 세신사가 드러누운 나를 맡았고 내 나이 또래의 초보 세신사에게 세신의 시범을 보였다. 안 그래도 어색한 난생처음 받는 세신이 누군가에게 실습의 대상물이 된다는데 몸에 힘이 들어가지 않을 리가.

선배 세신사는 비닐장판에 누워 있는 나를 향해, "보디 클렌저 쓰지? 피부에 뭐가 잔뜩 남아 있잖아. 앞으로는 오이비누 써. 그게 제일 좋아"라고 야단쳤다. 그녀는 연이어 '가려워도 절대 긁지 말라'며 찰싹찰싹 등짝 스매싱을 날렸다.

이런 상황에서 몸에 힘을 뺄 수가 있나.

어쨌거나 생애 처음의 세신은 '내 몸과 내 신발은 스스로 닦아야 한다'는 나의 신념을 물거품으로 만들었다. 진이 빠지고 숨이 찰 때까지 힘겹게 나의 피부를 밀어대지 않아도 나 아닌 누군가가 피부 밑에 켜켜이 쌓인 때와 피로를 동일한 강도로 가볍게 씻어내 주다니, 어색하고 미안하고 창피한 느낌은 온데간데없고 나른한 황홀감에 휩싸였다. 아, 이래서 동전 한 닢, 지폐 한 장 숨길 수 없는 누구나 나신裸身의 모습을 한 이곳에서도 '노동'과 '자본'이 거래되는 거였구나.

몸도 마음도 깨끗해진 나는 간단히 옷을 챙겨 입은 뒤 시원한 음료수를 들고 다시 뿌연 연기가 가득한 목욕탕으로 들어가 만 원짜리 몇 장을 건넸다. 세월의 흔적이 가득 묻은 가느다란 몸으로 나의 몸 곳곳을 밀어준 대가가 고작 돈이라는 게 고마우면서도 미안했다.

선배 세신사는 젖은 손으로 돈과 음료수를 받으며 말했다.

"자주 와. 절대 보디 클렌저 쓰지 말고. 다음에는 오일 마사지도 좀 받아. 피부가 어찌 그리 건조할까…. 쯔쯧."

나의 몸을 이토록 구석구석 보아주고 걱정해준 이가 있었던가. 오래전 커다란 손으로 나의 몸을 밀어주던 엄마의 얼굴이 떠올라 울컥했다. 만 원짜리 몇 장은 이유를 알 수 없는 나의 무거운 마음처럼 아무렇게나 목욕탕 바게쓰에 처박혔다.

(목욕탕)

✦✦✦

다시 그때 그 시절, 삼원 목욕탕으로 돌아가본다.

당시 화재로 훼손된 삼원 목욕탕은 복원되었고 우리 가족과 동네 이웃들은 다시 출근 도장을 찍었다. 종종 친구들을 마주치기도 했다. 아무리 어릴 때부터 보아왔다지만 성장의 변화가 급격한 시기에 목욕탕에서 친구를 마주하는 건 그리 반가운 우연은 아니었다. 손뼉을 마주치며 반가워하는 대신, '어머' 하며 반쯤 몸을 돌려 수건으로 가리는 것이 나름의 인사법이었다.

"야, 너 나 엉덩이에 점 있는 거 애들한테 얘기하지 마."

"너나, 내 몸무게 떠들고 다니지 마."

뭐 할 일이 없어서, 친구 엉덩이를 덮고 있는 점을 떠벌리고 다닐까. 빛의 속도로 체중계에 오르고 내려왔지만 어디서 나타났는지 체중계의 눈금(그땐 전자식이 아닌 기계식이었다)을 보고 야릇하게 웃던 친구에게 오히려 무언가 큰 약점을 잡힌 것 같았다. 넘치게 저녁밥을 먹고도 새벽에 깨 김장김치 하나로 밥 두 공기를 해치우고 다시 잠들던 때였으니 매달 신기록을 경신하는 몸무게가 세상에서 가장 무서웠다. 우리는 학교에서 서로 대단한 비밀을 들키고 숨겨주고 있는 것처럼 낮고 은밀하게 행동했다. 친구의 엉덩이 점도, 내 몸무게도, 세상 그 누구도 궁금해하는 사람이 없다는 걸 그땐 왜 몰랐을까. 어쨌든, 우리는 이전보다 가까워졌다. 타인의 하찮은 비밀은 '친밀이 되었다.

결혼하고 얼마 안 되어 시댁 식구들과 여행을 갔다. 여행지에서 누군가 '추운데 다 같이 목욕이나 하자'고 제안했는데 형님에게 나의 형편없는 몸을 들키는 것도 창피했지만 또 형님의 몸은 어떻게 봐야 하나, 걱정이 앞섰다. 남편과도 아직 어색한데 하물며 시댁 식구들과 목욕이라니. '그래, 안경을 벗자. 안 보이면 된다'는 계산이 섰다. 그런데 막상 온천물에 몸을 담그고 후두두 떨어지는 때에도 아랑곳하지 않고 옆에 붙어 앉아 이런저런 얘기를 나누다 보니 어색함은 사라지고 형님을 향해 큰 걸음으로 멀리 뛰기를 한 것처럼 가깝게 느껴졌다. 같은 성씨의 남자들과 결혼한 인연이 '연대'가 되기도 했고 배우자의 단점들이 '집안 내력'으로 확인되는, 놀라운 정보 교환의 장이 되었다.

회사 워크숍을 가서 평소 가까이 지내고 싶지 않던 동료의 벗은 모습을 보며 그녀에 대한 마음이 조금 풀렸던 기억이 있다. '그렇게 잘난 체를 하더니, 별거 없구나'가 아니라 생각보다 너무 조그맣고 가냘파 보여서 그녀에 대한 미움이 때와 함께 씻겨 내렸다.

목욕탕에서 마주한 사람 사이에는 뭔가 많은 것을 보여주고, 또 보았다는, 농밀한 친밀감이 생긴다. 벗은 몸으로 벗은 몸을 마주하는 건 옷을 입고 나누는 악수나 포옹과는 또 다른 차원의 친밀함이다. 세상과 힘겹게 싸우고 있는, 그런 흔적들을 감추지 못하는 몸들은 슬퍼 보이기도, 단단해 보이기도 해서 나는 목욕탕에만 가면 쓸데없이 애잔해진다.

좋은 옷을 입고 넓은 책상에 마주 앉아 침 튀기며 네 탓, 내 탓을 하는 토론 프로그램을 보며, 화려한 말로 상대를 비난하며 자신의 가치를 높이기 위해 애쓰는 사람을 보며, '그렇게 계속 말장난할 거면 목욕탕에 들어가 허푸허푸 물장구라도 치던가, 등이라도 서로 밀어주란 말이야'라고 외치고 싶다.

서로 다른 집단 사람들과 자주 접촉하는 환경을 조성하면, 타인이 지닌 생각에 대한 감수성이 전반적으로 강화되고 사회적 유대감도 높아진다는 연구도 있다. 미국 심리학자 고든 호드슨Gordeon Hodson은 사회지배 성향과 권위주의 성향이 높을수록 나와 다른 사람들, 즉 재소자, 이민자, 노숙자 등 사회적 고정관념에 의해 차별받는 사람들과의 '접촉'에서 크게 영향을 받는다는 사실을 알아냈다. 다른 집단과 반복적 접촉이 끝나갈 때, 여러 표본 그룹 가운데서도 그들이 가장 관용적으로 변했다는 것이다●.

옳다구나. 사회 지도층들이 더 딱딱하게 굳어지기 전에, 정기적으로 '목욕탕'에서 함께 목욕하는 날을 만들어보면 어떨까, 아니아에 달력에 빨갛게 표시해서 온 국민이 홀짝제로 목욕하며 쉬는 공휴일, '목욕의 날'을 제정해 공표하는 것도 좋겠다. 다음 선거 공약을

● 　브라이언 헤어 · 버네사 우즈 지음, 이민아 옮김, 《다정한 것이 살아남는다》, 디플롯, 2021.

고민하는 분들께 기꺼이 이 참신한(?) 아이디어를 무상으로 제공하겠다는 뜻을 전하는 바이다.

벗은 몸에는 가난과 차별, 무시와 조롱이 들어설 틈이 없다. 모든 오해와 고집, 무지, 그리고 혐오가 때로 밀려 하수구로 흘러 들어가고 따뜻한 위로와 포옹이 남기를 바란다.

(목욕탕)

#2

(카페)

커피 한 잔에
자발적 고독,
내면의 성숙을 담는다

"대박, 커피에서 어떻게 이런 맛이 나지?"

대구에 사는 친구를 만나러 간 날, 서문시장에서 칼국수를 먹고 청라언덕을 걸어 계산성당 옆 카페에 앉았다. 여느 카푸치노와 다를 것 없어 보였지만 에스프레소 위에 얹힌 차가운 크림과 우유 거품에서는 뭉글뭉글하고 달콤한 맛이 났다. 쌀쌀한 날씨, 부산스러운 걸음, 낯선 마음이 차분히 가라앉으며 감탄사가 절로 나왔다.

요즘은 어딜 가나 향 좋은 커피와 화려한 맛의 디저트, 기막힌 뷰를 자랑하는 카페가 우후죽순이다. 사막 한가운데에도 카페가 있으니(사실 커피는 이슬람권인 튀르키예에서 유럽으로 넘어갔다) 달나라 여행을 간다면 토끼가 방아를 찧는 대신 원두를 갈아 커피를 내려 줄게 분명하다.

사방이 큰 통창으로 확 트여 일 년 내내 신록, 낙엽, 설경을 감상할 수 있는 또 다른 카페에서도 나와 친구들은 드넓게 펼쳐진 전망에 입을 다물지 못했다. 대구에 사는 친구만 울상이 되었다.

"이번에 발령이 나서, 곧 장성으로 이사해야 하는데, 집이 읍내에서 한참 멀어. 장성 집 근처에 이런 카페는 없을 거야. 그냥 우리 집에서 봉지 커피 마셔야 할텐데, 괜찮을까?"

무슨 소리야, 친구야. 커피는 시간, 온도, 장소, 날씨, 그리고 누구와 함께 마시느냐에 따라 그 맛이 달라지는 것 아니겠어? 절친들과 함께한 시간이 카푸치노를 더 달콤하게, 풍경을 아름답게 색칠해 준 거지. 예쁜 화분들이 즐비한 너희 집에서 마시는 봉지 커피는 또 얼마나 달콤하겠어.

지금처럼 친구들과 '힝기레 밍기레 맹물 쉼직한 맛'의● 커피를 즐겨 마시기 전에는 커피 둘, 프림 둘, 설탕 세 스푼 조합의 인스턴트 커피와, 이 조합을 최상의 비율로 섞어놓아 물만 부으면 달콤함에 포만감까지 느낄 수 있는 봉지 커피가 있었다.

● 소설가 채만식은 1939년 잡지 《조광》에 기고한 글에서 커피를 "힝기레 밍기레한 게 맹물 쉼직한 맛"이라고 표현했다.

나 역시 20년의 회사생활을 인스턴트, 봉지 커피와 함께했다. 어둠을 뚫고 출근해 봉지 커피 한 잔을 진하게 마시면 속도 든든하고 화장실도 쉽게 갈 수 있고 늘어진 뇌가 빳빳하게 각성되어 과음한 다음 날도 버티기가 한결 수월했다. 점심 먹고 한 잔, 회의하며 몇 잔, 야근하며 또 한 잔을 마시면 가장자리를 잘근 깨문 종이컵들이 책상 위에 수북이 쌓였다. 달콤한 설탕 냄새를 풍기며 규칙 없이 포개져 있는 종이컵에 포스트잇 몇 개를 구겨 넣고 휴지통에 버리면 그렇게 하루가 끝이 났다.

드라마 〈나의 아저씨〉의 주인공 이지안(아이유 분)은 밥 대신 봉지 커피 두 봉을 타 마신다. 감당할 수 없는 삶의 무게를 커피 두 봉으로 버텨내는 모습에 가슴이 아렸지만, 봉화 광산에 고립되었던 광부들도 이 봉지 커피 덕분에 나흘 동안● 생존할 수 있었다 하니 봉지 커피는 단순한 음료가 아니라 퍽퍽한 삶을 버티는 힘이 되고 구원이 되는 존재임에 틀림이 없는 것 같다. 한잔에 5만 원이 넘는다는 루왁 커피를 마셔봤다는 회사 선배도 그랬다. 춥고 피곤하고 출출한 날에는 루왁 커피 열 잔보다 달달한 봉지 커피 한 잔이 더 값지다고 말이다.

● 아메리카노 한 잔의 열량은 10킬로칼로리, 봉지 커피는 한 봉지 당 50~70킬로칼로리이다.

***

제대로 된 원두커피를 맛본 건 90년대 중반 포르투갈 사업장 출장에서였다. 소주잔보다 조금 더 큰 잔에, 입가심하듯 딱 한 모금 양의 에스프레소 원액을 마시는 포르투갈 사람들이 그렇게 신기할 수 없었다. 브랜디를 섞어 알코올 도수가 20도가 넘는 포트 와인을 아무렇지도 않게 들이켜는 것보다 더 놀라웠다. 큰 덩치에 작은 에스프레소 잔을 엄지와 검지로 살짝 잡고 입안에 털어 넣는 모습은 어딘지 좀스러워 보이기도, 세련되어 보이기도 했다.

그 나라 사람들을 따라 에스프레소 원액을 한 모금을 들이켰을 때, 처음에는 그 강한 맛에 혀를 내둘렀다. 오랫동안 우려낸 한약 색깔의 녹차를 마시는 것 같았다. 열 잔쯤 에스프레소를 경험하고 나서야 입안 가득 차오르는 고소하고 깔끔한 풍미와 깊이가 느껴졌다. 달콤한 커피 맛에 길들여진 미뢰가 오리진Origin에게 한 대 얻어맞은 느낌이랄까.

90년대에는 국내에서 원두 커피를 맛보려면 신촌, 명동, 삼성동으로 가야 했다. 해외 유학, 여행에서 커피 맛을 본 사람들이 원두를 볶고 갈아서 내려 마시는 카페를 열곤 했는데 포르투갈에서 맛본 묵직한 커피 맛이 생각나도 찾아갈 엄두를 내지 못했다. 굳이 무엇을 찾아다니며 취향을 주장하는 편도 아닌데다 세상의 불평등, 부당함의 장면마다 이상하게 '커피'가 함께 등장해서 선뜻 즐길 수가 없었다.

사연은 이러하다. 직장에 입사해서 얼마간, 커피를 탄 적이 있다. 여자 사원들이 유니폼을 입던 시절이었다. 부장님은 회사의 방침에 따라 '미쓰 리'라고 부르던 호칭을 '미쓰 리 씨'로 불렀는데(회사는 '○○ 씨'로 호칭을 통일하라 했지만 습관대로 '미쓰 리'라고 부르고는 화들짝 놀라 '미스 리'에 '씨'를 붙이다 보니 그렇게 되었다) 커피 부탁만큼은 한동안 계속되었다.

하루는 '여기, 커피!'라는 말에, 커피 한 스푼에 프림 열 스푼, 설탕 열 스푼의 커피를 만들어 갔다. 부장님은 한 모금을 마신 후 '그래, 무슨 말인지 알았어'라는 표정을 지었고 그 후로 더는 커피를 부탁하지 않았다. 그러나 의도와는 다르게 커피 타는 일은 나보다 먼저 입사했지만 직급이 낮은 선배들이 전담하게 되었고 그것이 '미쓰 리 씨, 여기, 커피!'보다 더 마음을 무겁게 했다. 왜 한 사무실에서 '미스 리', '미스 리 씨'를 구분하는지, 왜 여기에 '미스터 리'는 빠져 있는지, 화가 났다. '커피를 탄다'는 따뜻한 선의가 아닌 차별적 노동으로 여겨졌다.

커피에 대한 반감이 커지게 된 건 이 향긋한 커피 원두가 지구 반대편에 사는 아동에 대한 착취, 저임금, 비위생적인 노동의 결과물이라는 걸 알고 나서다. 그 사진들을 보며 내가 마시는 커피 한잔에 누군가는 온몸을, 하루를 바친다고 생각하니 커피가, 커피에서 풍기는 낭만이 터무니없이 이기적으로 느껴졌다.

칸디도 포르티나리_{Candido Portinari}●의 그림 〈커피〉에는 고흐의
그림 〈밤의 카페 테라스〉에서 느껴지는 평화로운 낭만은 없다. 녹색
의 커피나무들이 열을 지어 있는데 맨발의 남녀 노동자들이 열매를
따고 무거운 포대 자루를 등에 짊어지고 나른다. 밀짚모자에 가려진
얼굴과 커다란 손발 때문에 노동은 더욱 버겁고 애달프게 느껴진다.
고흐 그림의 커피와 칸디도 그림의 커피는 같은 커피지만, 다른 커
피다. 생산과 소비이기도 하고, 후진국과 선진국이기도 하고, 노동
과 낭만이기도 하다.

인간이 소비하는 많은 것에 마주하고 싶지 않은 불평등한 노
동이 녹아 있지만, 커피는 그 향과 맛이 너무 그윽해서 더 큰 배신처
럼 느껴진다. '낭만', '여유'에 '계급', '차이', '위선'이 숨어 있었다. 목
좋은 곳에 근사한 카페들이 줄지어 들어서도 한동안은 눈길도 주지
않았던 이유다.

그랬던 내가 요즘은 여러 카페의 충실한 고객이 되었다. 동네
카페의 직원들과 인사를 나누고 며칠 모습을 보이지 않으면 안부를
묻는 처지가 되었다. 일과 공부는 닫힌 공간에서 혼자 하는 것인 줄

●　브라질 화가이자 벽화가로 회화에 네오리얼리즘을 접목하여 브라질 노동자와 그 역사
　를 묘사했다.

　　　　　　　　　　　　　　　　　　　　　　　(카페)

알았는데, 적당한 소음과 음악, 자연스럽게 나를 관찰하는 타인의 시선이 '읽고, 쓰는 일'을 지속하게 한다는 걸 알게 되면서부터였다. 아침의 쨍한 공기를 마시며 카페에 도착해 따뜻한 잔을 두 손으로 잡고, 어깨를 반쯤 말아 커피 한 모금을 마시면, 차갑게 식은 드라큘라의 몸에 따뜻한 피가 퍼지듯 기분이 그윽해진다.

직물, 와인, 운동화 등 열악한 환경의 노동은 산업의 종류만 달리할 뿐 끊임없이 되풀이되고 있어서 소비자로서의 죄책감이 무뎌지기도 했고 무엇을 소비하지 않고 어디에 가지 않는 소신이 '아우, 유별나다'라는 눈총으로 돌아오는 것도 마음이 편치 않았다. 그런 이유를 핑계삼아 보무도 당당하게 카페로 발걸음을 내딛는다.

커피 한 잔의 여유를 만끽하며, 저마다의 이유로 이곳을 찾은 사람들을 관찰한다.

장면 1. 아침 8시 30분, 그녀는 오늘도 혼자 카페에 들어선다. 책을 읽지도, 누구를 만나지도 않는다. 두리번거리거나 휴대폰을 보지도 않는다. 탁자 위에 시선을 고정하고 최선을 다해 커피를 즐긴다.

장면 2. 중년 남자 여럿이 '토론석'에 앉는다. 모두가 큰 제스처와 목소리로 이야기하는데 가운데에 앉은 한 남자만 아무 말도 하지 않고 일행의 이야기에 집중하고 있다.

장면 3. 일행 중 최고령으로 보이는 남자 혼자 큰 소리로 이야기하고 나머지 사람들은 의자 깊숙이 몸을 찔러 넣고 있다. 시간이 지나자 사람들이 조금씩 말을 시작하고 감정이 격해지더니 이내 왁자지껄해졌다.

'장면 1'의 그녀는 가끔 아파트 놀이터에서 마주치는, 한국인과 결혼한 일본인이다. 생각한다. 저 여인은 말도 음식도 설은 이곳에서 어떤 외로움을 달래기 위해 이 카페에 왔을까? 아니면 관계의 무게를 벗고 자발적인 고독을 즐기고 있는 건가?

말하기 위해 존재하던 카페에 이제는 말하지 않으려고 가는 사람들로 북적인다. 소외되는 것에 불안해하지 않고 한유閒遊한 시간을 즐기다 보면 깊이 숨어 있던 내면의 자신이 벅찬 응답을 한다. 문을 걸어 잠그고 방으로 들어간 아이들이 다시 그 문을 열고 나올 때 여물어 있는 것처럼, 홀로 오지를 탐험한 사람들이 큰 깨달음을 들고 오는 것처럼 말이다.

'장면 2'의 모임에서 가운데 앉은 한 남자처럼 무리에서 한 마디도 하지 않는 사람이 있다면 그는 바보가 아니라 가장 강한 사람이라는 말이 생각났다. 모두 대화의 우두머리가 되기 위해 경쟁 중인 '말의 전쟁' 속에서 좌우로 고개를 돌리며 타인의 말에 귀 기울이는 저 사람이야말로 귀인貴人이 아닐까? 들리는 것이 아닌, 들어야 할 것을 듣는 사람이 실로 드문 시대이니 말이다.

'장면 3'은 누군가의 장례를 치르고 만난 가족, 친척들의 모임이었다. 어떤 이의 죽음 후에 비로소 말문이 열린 건지 그동안 꺼내지 못했던 '진짜' 말을 시작하는 것 같았다. 격랑의 파도처럼 감정이, 목소리가 출렁였지만 한참의 시간이 지난 후에는 대체로 합의가 된 건지, 평안해진 얼굴로 카페를 나섰다(옆에 앉은 덕에 귀에 딱지가 앉게 '27억 원', '39억 원' 소리를 들었다).

만약 이 세상에 신이 있다면 그 신은 너와 나, 우리 내부에 존재하는 게 아니라 우리 '사이'에 존재할 것이고● '힝기레 밍기레 맹물 쉼직한' 이 음료가 어쩌면 우리 '사이'에서 신의 역할을 해줄 수도 있겠다.

신은 누구에게나 공평해야 하므로 독점은 불가다. 두 시간이면 대화도 고갈되고 쓰던 이야기도 떠오르지 않고 엉덩이도 아픈 법. 자발적 고독, 따뜻한 휴식, 내면의 성숙, 내밀한 경청, 풍성한 대화를 돕는 이 여러모로 재능 넘치고 쓸모 많은 커피를 즐길 기회를 다음 손님에게 넘기고 이만 자리에서 일어나야겠다.

친구들과의 메신저 대화방에 톡이 올라왔다. 발령을 받아 14년 만에 다시 찾은 장성. 변하지 않아서 어쩌면 더 쇠락한 듯이 느껴지는 그 한적한 마을에도 구석구석 까페가 참 많이도 생겼다고 한다. 친구는 즐길 마음만 들고 오란다.

●   영화 〈비포 선라이즈〉의 대사.

"얘들아, 바다 뷰, 산 뷰, 호수 뷰에 이어 요즘 논 뷰가 뜨고 있는 거 알지?"

이번에는 장성의 커피를 계획한다. 바다든, 산이든, 호수든, 논이든, 도시든 그 어디든 어떠랴.

너와 나, 우리 '사이'에 커피 한 잔 놓으면 그만이다.

#3

(영화관)

영화관에서 우리는
친구, 연인, 이웃으로
남을 것이다

"밤빰~ 빠밤빠밤~."

MBC의 〈주말의 명화〉 시그널 음악*이 울리면 우리 자매는 하던 일을 멈추고 TV 앞에 앉았다. 다른 프로그램에 비해 앞뒤 광고가 길었지만 자리를 뜰 수는 없었다. 멀티플렉스 영화관, 유튜브, OTT, 케이블 방송, 종합편성채널, 심지어 비디오 대여점도 없던 시절이니 토요일, 일요일 밤 10시 30분이 영화를 볼 수 있는 유일한 시간이었

● 1969년 8월 9일부터 2010년 10월 29일까지 방송된 MBC의 영화 프로그램이다. 시그널 음악으로 영화 〈영광의 탈출〉 주제곡이 사용됐다.

다. KBS의 〈명화극장〉을 볼 때는 영화 평론가 정영일 아저씨가 나타나 "이번 영화를 놓치면 후회하실 겁니다"라고 엄포를 놓아서 화장실도 가지 못했다.

〈토요명화〉나 〈명화극장〉이 액션, SF, 첩보 등을 방영해주었다면 〈주말의 명화〉는 고전 영화 중심이었다. 주인공 더빙은 장르나 배우 나이에 상관없이 양지운, 배한성, 장유진 성우가 도맡아서 하얀 얼굴의 노란 머리 외국 배우가 옆집 오빠나 언니처럼 친근하게 느껴지곤 했다. 우리 자매는 그렇게 〈바람과 함께 사라지다〉, 〈사운드 오브 뮤직〉, 〈쿼바디스〉, 〈왕과 나〉, 〈십계〉, 〈혹성탈출〉, 〈콰이강의 다리〉 등을 보았다.

1988년, 서울 올림픽이 개최될 때는 밤새 〈특선 영화〉가 방영되었다. 할리우드, 서유럽 영화뿐 아니라 인도나 남미, 동유럽 영화도 볼 수 있었는데 확실한 플롯과 명확한 결론의 미국영화와 달리 기승전결이 있는지 없는지, 누가 착한 사람이고 누가 나쁜 사람인지, 결말이 더 있어야 할 것 같은데 휘리릭 끝나 버려서 오랫동안 찜찜한 여운이 남는 영화도 있었다. 세상에는 다양한 주제의 서사와 그걸 생각지도 못한 독특한 시선으로 표현해낸 영화가 있다는 것을 알았고 영화 보는 맛에 흠뻑 빠져들었다. 고3이었다는 것만 빼고 모든 것이 좋았다.

영화관에 대한 구체적인 기억은 미아삼거리의 대지극장에서부터 시작한다. 인근의 세일극장, 천지극장보다는 단정했지만 하나의 영화 값으로 두 개의 영화를 볼 수 있는 동시 상영관이긴 매한가지였다. 학력고사 후 우리는 대지극장에서 단체 관람을 했는데, 그렇게 본 영화가 바로 뮤지컬 영화 〈그리스〉다. 잘생겼다고 할 수 없지만 스웨그 넘치는 존 트라볼타와 당시 최고의 팝스타 올리비아 뉴튼 존이 학교 운동장과 식당에서 "텔미 모어, 텔미 모어…"를 번갈아 부르는 장면은 오래도록 청춘영화의 상징으로 남았다. 리젠트 컷에 가죽점퍼를 입은 존 트라볼타와 노란색 스커트에 스웨터를 입은 올리비아 뉴튼 존은 불량해 보였지만 또 몹시 사랑스러웠다.

학교 앞의 남영극장이었는지 성남극장이었는지, 동시 상영 영화 중 하나가 〈옥보단〉이었는지 〈무릎과 무릎 사이〉였는지 기억나지 않지만 다른 하나가 〈첩혈쌍웅〉이었던 것만은 확실하다. 처음으로 극장에서 에로영화를 보는 날이었지만 승자는 주윤발이었다. 성당과 하얀 비둘기, 쌍권총, 그리고 주윤발이 씹는 성냥개비 앞에서 에로영화는 맥을 추지 못했다. 처음 보는 야한 장면보다 온몸에 총을 맞고 죽어가는 주윤발의 모습이 어른거렸다. 〈영웅본색〉 장국영의 소년미, 〈중경삼림〉 왕조위의 깊은 눈빛을 누가 이기겠는가. 당시에는 홍콩영화가 전국 청춘들의 마음을 들었다 놓았다, 아주 난리도 아니었다.

1988년은 서울 올림픽이 열린 해이기도 하지만 할리우드 영화가 직접 배급된 해이기도 하다. 우리 자매들은 〈주말의 명화〉에 목을 매지 않고 각자 친구들의 손을 잡고 개봉관에서 〈귀여운 여인〉, 〈사랑과 영혼〉, 〈나 홀로 집에〉, 〈가위손〉, 〈양들의 침묵〉, 〈델마와 루이스〉, 〈터미네이터〉, 〈원초적 본능〉, 〈보디가드〉, 〈어 퓨 굿 맨〉, 〈쥬라기 공원〉, 〈스피드〉, 〈포레스트 검프〉, 〈쇼생크 탈출〉, (여기서 숨 한번 쉬고) 〈유주얼 서스펙트〉, 〈잉글리시 페이션트〉, 〈맨 인 블랙〉, 〈굿 윌 헌팅〉, 〈타이타닉〉, 〈인생은 아름다워〉, 〈트루먼 쇼〉, 〈아마겟돈〉, 〈라이언 일병 구하기〉, 〈매트릭스〉, 〈노팅 힐〉, 〈식스 센스〉 등을 보았다.

세기말과 밀레니엄을 맞이하며 모든 게 혼란스럽고 불안했는데 영화시장도 예외가 아니어서 생소한 형식과 내용의 영화들이 쏟아져 나왔다. 아직도 기억나는 영화가 있는데 쿠엔틴 타란티노 감독의 〈저수지의 개들〉과 〈펄프 픽션〉이다. 구성이나 연출이 워낙 독특해서 맨눈으로는 도저히 이해하기 힘들었다. 서부 대평야 개척의 서사도 아니고 사랑의 애틋함도 아니고 화끈한 성공 스토리도 아닌데 갱스터들의 시덥지 않은 대화며 첫 장면과 맨 마지막이 서로 연결되는 독특한 구성이 뭔가 찜찜하면서도 눈길이 갔다. '낫 놓고 기역자밖에 모르는' 나는 영화 잡지 《키노KINO》, 《씨네21》, 《스크린》에 실린 특집기사를 찾아 두세 번 읽었지만 평론가의 글이 영화보다 몇 배는 더 난해해서 '기역자'라도 이해한 것에 감사해야 했다. 장르와 형식이 혼합된, 포스트모더니즘의 시대였다.

그렇다고 외화 관람만 고집한 건 아니었다. 90년대는 한국 영화의 부흥기여서 〈그대 안의 블루〉, 〈결혼 이야기〉, 〈서편제〉, 〈투캅스〉, 〈너에게 나를 보낸다〉, 〈닥터봉〉, 〈접속〉, 〈퇴마록〉, 〈8월의 크리스마스〉, 〈미술관 옆 동물원〉, 〈여고괴담〉 등 한국 영화 개봉작들도 빼놓지 않고 관람했다.

일찍 일어나는 새는 벌레를 잡아먹지만 일찍 일어난 관객은 오백 원을 절약할 수 있던 시절이었다. 조조할인 오백 원을 관람 인원수만큼 모으면 안주 하나, 맥주 몇 잔의 값이 나왔다. 영화를 보며 한껏 치솟은 감흥을 토해내느라, 또 일찍 일어나 차려입고 나간 것이 아까워서 종로, 을지로, 충무로 일대를 돌아다니다 보면 하루가 엿가락처럼 길게 늘어났다. 마음은 뜨거우나 딱히 무엇을 해야 할지 모르는 20대의 청춘들에게 영화관만 한 놀이터는 없었다.

영화관에서는 스크린과 나, 스크린과 우리만이 존재했다. 블랙홀로 빨려 들어가듯, 우리는 영화 속으로 천천히 걸어 들어갔고 그 감정의 소용돌이에서 뛰어 놀았다.

남녀 간의 만남에도 영화는 좋은 구실이었다. 두 시간 동안 나란히 앉아 영화를 보고 나면 금세 익숙한 사이가 되었다. 영화를 보여 준 게 고마워서, 이퀄equal의 소비를 만들기 위해 밥도 사고 차, 술도 마시니 그만한 핑계가 없었다. 영화 장르 취향이 서로 다르거나 다른 해석이 맞붙은 날은 있는 힘을 다해 잘난 척을 하느라 입에 불이 붙었다.

회사원이 되어 주머니가 두툼해지자 영화뿐 아니라 뮤지컬, 탭댄스, 서커스, 오페라, 오케스트라 연주회 등을 볼 수 있게 되었다. 그러나 벅찬 감흥이 차오르는 건 잠시뿐, 바이올린 선율이 좋은지 아닌지도 모르겠고 뮤지컬의 시대적 배경이나 서사에 대해 아는 게 없으니 잘난 척할 수가 없어 늘 2퍼센트가 부족한 채 집으로 돌아왔다. 영화관에서 영화를 보는 내가 더 나다웠다.

"뭐? OTT가 없어? 너 요즘 영화 안 봐?"

코로나 확진으로 격리가 되면서 일주일 동안 무엇을 하며 보내야 할지, 아픈 것보다 무엇으로 무료함을 달랠 수 있을지가 더 걱정이었다. 친구가 몇 개의 영화를 추천했는데 그 모두를 보지 못했다고 하니 엎어지면 코 닿을 곳에 멀티플렉스가 있고, 얼리어답터는 아니어도 신문명을 따라잡는 데 평균의 속도는 되는 편이고,《씨네21》을 정기구독하고, 감독과 배우의 이름을 줄줄이 외우던 열정은 대체 어디 갔느냐고 묻는다.

글쎄. 친구야. 영화를 좋아한 것도 맞고 어쩌면 그쪽 일을 꿈꾸기도 했지만, 회사 출퇴근에, 육아에, 그러다 보니 휴일에는 절인 배추가 되어 일어나지 못하던 시간이 꽤 길었으니 코앞의 방앗간도 지나쳐버리는 물색없는 참새가 되었지 뭐니. 그러다 OTT 서비스가

(영화관)

시작되었고 반가운 마음에 냅다 구독을 시작했는데 로그인만 하면 우르르 영화들이 쏟아지니 귀하게 느껴지지도 않고 영상을 보느라 종일 넋이 나가 있지만 뭘 봤는지 기억에 남지 않더라고. 안 되겠다 싶어 구독을 중단해버렸지. 대신, 보고 싶은 영화는 건당 유료로 다 운받아 고요한 마음으로 집중해서 보고 있어. 다시 보기, 빨리 감기를 할 수 없던 예전 영화관에서처럼 말이야.

격리의 시간, OTT 재가입을 신중히 고민했지만 내려 받은 영화 두 편의 시청이 버거울 정도로 코로나는 단순한 감기가 아님을 확인시켜주었다. 그 와중에 정신을 부여잡고 본 영화가 〈카모메 식당〉과 캐나다 화가 '모드 루이스'의 이야기를 담은 〈내 사랑〉이다.

격리가 끝나면 주먹밥과 연어구이를 만들고 시나몬 롤을 사 먹어야지. 모조품이지만 세상의 모든 존재를 아름답게 그려낸 모드 루이스의 그림을 사서 액자로 걸어두어야지. 친구들을 만나면 중년의 '에단 호크'에 대해서도 한바탕 수다를 떨어야지. 영화의 장면 장면에 갈피를 꽂았지만 누군가와 당장 그 감동을 함께할 수 없음이 안타까웠다.

언젠가부터 나는, 우리는 무언가를 혼자 본다. 휴대폰으로 혼자 보고, TV도 혼자 보고 영화관에서도 혼자 관람을 한다. 친구들은 멀리 살고 이웃은 시간이 맞지 않고 가족의 일정도 제각각이라서 모든 변수를 고려해 '함께' 보려면 몹시 복잡해지기 때문이다.

혼자 보니 영화 선정과 관람 시간 등 모든 것이 내 마음대로지만 나의 이해가 보편적인지, 다른 사람은 무엇을 어떻게 보았는지 알지 못한 채 영화의 엔딩 크레딧을 마주한다. 유튜버의 해석을 듣고 주르륵 달려 있는 댓글로 상황판단을 해보지만 영화관에서 나와 맥주 한 잔 기울이며 시덥지 않은 이야기로 시간을 보내던 시절에 비하면 한참 목마르다. 혼자 보고 후일담을 쌓지 못한 영화는 곧바로 기억의 안치실 저 끝방으로 들어간다.

"오늘 우리는 영화 〈벌새〉에 대해 이야기하려고 모였습니다. 영화를 보면서 궁금했던 점 없으신가요?"

서늘한 가을바람이 뜨거운 여름을 몰아내던 밤, 동네 공공도서관의 문화강좌에 참석했다. 영화 평론가의 질문으로 강의가 시작되었다. 어디서든 가장자리를 선호하고 평생 살면서 손들고 질문한 건 몇 번 되지도 않은데 그날은 손을 번쩍 들고 "저는 인물과 사건 간의 개연성이 좀 부자연스럽다는 생각이 들었어요"라고 말했다.

뒷자리에 앉은 참가자는 이런 나의 의견에 '거친 연결 부분 때문에 오히려 사건과 인물이 사실적으로 느껴지고 그것이 독립영화의 매력 아니겠냐'고 반문했다. 이어서 추가 질문과 함께 참가자와 평론가 사이의 티키타카가 이어졌다.

아, 그렇게도 볼 수 있구나. 아, 그 장면이 그걸 말하려는 거였구나.

참으로 오랜만이었다. 평론가와 참가자들의 이야기는 취향과 주장만 확고한 내 생각의 옷장을 활짝 펼쳐 무지개 색상의 옷을 걸어주었다. 20여 년 전 영화 〈파이란〉을 본 날, '파이란(장백지 분)'에 대한 이야기가 〈그린 카드〉의 '브론트(앤디 맥도웰 분)'로 연결되고 인종차별, 국제결혼으로 이어졌던 그때 그 시절처럼. 영화 〈벌새〉는 오랜만에 내 귀와 입에서 오래 머물며 소녀였던 지난 시절과 사회의 아픔과 시대의 정서를 돌아보게 했다.

영화 〈시네마 천국〉에서 마을 사람들은 허름한 영화관에 모여 앉아 모두가 함께 영화를 본다. 그들은 영화 속으로 들어가 함께 안타까워하고 화도 내고 욕도 한다. 영화관이 화재로 전소되자 광장의 벽을 스크린 삼아 다시 영사기를 돌린다. 서로의 감정을, 삶을 공유하는 영화 속의 그 장면이 그렇게 따뜻할 수가 없었다. 홍콩 영화계를 대표하는 영화감독 왕가위도 그랬다. '어디에서 어떻게 누구와 보는가가 영화의 완성'이라고.

가끔은 모든 변수를 고려해 조금 복잡해질 필요가 있겠다. 아르바이트와 연애, 학업 등의 일정을 피해 영화를 보기 위해 약속을 잡고 조조할인으로 아낀 돈을 술값으로 계산하고 막차를 타고 집으로 돌아오던 그 시절처럼 말이다.

〈겨울왕국〉의 둘째 공주 안나는 방에 숨어버린 언니 엘사에게 '나랑 눈사람 만들래?'라고 노래했다. 각자의 방에서 혼자 보고 그 감동조차 혼자 소비해버리는 사람들을 집 밖으로 꺼내줘야겠다. 예전만큼 영화관에 가는 일이 설레지는 않겠지만 〈시네마 천국〉의 마을 사람들처럼 함께 보고 그 감동을 나누자고 말이다. 영화관에서 나란히 앉게 될 우리는 분명 친구, 연인, 이웃으로 남을 것이다.

"나랑 같이 영화 보러 가지 않을래?"

제대로 된 사운드와 화질을 즐길 줄 아는 자, 불이 켜지면 일어나 박수 치고 벌게진 눈으로 연어구이에 맥주 한 잔하며 세상 진지하게 떠들어 댈 사람, 여기 모여라.

#4

(절, 교회, 성당)

나와 연결된 이들의
평안을 빕니다

주말이면 아빠는 북한산에 올랐다.

'자는 척'하는데 일가견이 있는 자매님들 대신 연기에 소질이
없는 내가 그 길의 동행자로 지목되었는데 제법 아빠의 속도에 맞춰
산을 오르던 기억이 난다.

북한산 중턱에는 달력에서나 볼 법한, 알록달록한 단청 문양
이 예쁜 사찰이 있었는데, 그곳에 들어서면 제사 때 맡던 향냄새가
풍겨 몸이 절로 곧추서며 엄숙해졌다. 공양 시간이었을까? 단정한
모습으로 아빠와 나를 맞이해준 스님은 우리에게 음식을 내어주었

다. 몸이 잰 나는 '한 박자 쉬며' 걷는 스님이 답답했지만(우리 집은 대체로 말도 행동도 빠른 편이다) 밥보다 나물이 더 많은 절밥에서는 귀한 맛이 났으므로 느릿함은 귀한 것과 등가로 생각되었다.

그리고 아빠를 따라 불상 아래 엎드려 두 손을 모으고 무언가를 빌었다. 실눈에 입꼬리를 살짝 올리고 있는 부처님은 소원하면 모든 걸 들어줄 것 같은 아우라를 풍겼다. 게다가 번쩍번쩍 금빛이 아닌가.

그 후로도 더러 절에 갔다. 마음을 먹지 않아도 꽃, 단풍이 절경인 산을 오르며 그 한복판에 있는 사찰을 일부러 피해 가기는 어려웠다. 봄에는 홍매화, 철쭉, 부레옥잠 등이 주인인 척 자리를 차지하고 있고, 가을에는 절정의 단풍이 세를 살고, 겨울에는 하얀색 물감을 뒤집어쓰고 앉아 있는 산중의 절은 아름답고 신성했다.

일주문에서 사천왕문, 해탈문까지 삼중문을 통과하면 몸과 마음에 붙어 있는 부정의 기운이 씻기는 것 같았다. 그렇게 대웅전 앞에 서면 최면에 걸린 듯 간절한 소원 몇 개가 술술 입 밖으로 나왔다.

"너 '그렇게 살면' 죽어서 지옥 간다."

어릴 때, 연년생인 자매님들은 팔짱을 끼고 짝다리를 흔들며 쌍으로 나를 위협했다. 그 말은 엄마가 평소 입버릇처럼 말하던 "망

(절, 교회, 성당)

태 할아버지가 데려간다"의 공포와 그 수위가 비슷했다.

여기서 '그렇게 살면'이란 엄마가 외출했을 때 언니들이 연탄불에 달고나를 만들어 국자를 새까맣게 태워 먹고 숨긴 일, 시험 기간에 밤새 만화책을 읽은 것에 대한 정보를 엄마에게 제공한 것을 말하는데, 이는 어디까지나 자매님들의 장래를 염려한 동생의 '성숙한 결단'이지 결코 '고자질' 같은 죄목으로 불릴 성질의 것이 아니었다. 이런 전방위적인 압박에도 불구하고 어린 나는 자매님들을 올바른 길로 인도할 수만 있다면 죽어서 가는 지옥이 뭐 그리 대수겠나 싶어 성숙한 결단을 멈출 수 없었다.

물론 단테의 《신곡》 지옥편을 그린 보티첼리의 〈지옥의 지도〉를 보며 '국가, 가족, 친구 스승의 은인을 배신한 자들'이 최상위 지옥인 9층 지옥에 떨어진다는 것을 알았을 때는 조금 당황스럽기는 했다. 영원히 차가운 얼음 속에 처박혀 신음한다는데, 아 어쩌지? 추운 게 세상에서 제일 싫은데. 나의 성숙한 결단이 배신인가? 아닌가? 그런 고민을 하던 중, 다행히 기회가 찾아왔다.

국민학교 5학년 때, 친구들 사이에서 불우이웃돕기 운동이 유행처럼 번졌다. 성금을 모으기 위해 군고구마를 팔자, 귤을 팔자 등 의견이 분분했으나 종이봉투를 만들어 판매해 크리스마스 날에 교회에 성금을 내는 쪽으로 결론이 났다. 단순 반복 작업에 남다른 재능을 가진 나는 누구보다 빠르게 종이봉투를 만들었고 모금액을 가지고 성탄절, 집 근처 교회에 갔다. 일단 교회에 들어섰으니 죽어서 지옥에 간다는 자매님들의 위협도 무섭지 않게 되었다. 하나님은 모든 걸 용서해주실 테니.

교회는 입구에서부터 흥겨운 크리스마스 캐럴이 흘러넘쳤다. 트리 사이에서는 영롱하고 찬란한 불빛이 아른거렸다. 현실과 천국의 중간쯤에 있는 어떤 마을 같았다. 홀리Holy 했다. 그날의 분위기에 마음을 뺏긴 나는 성금을 내고 겨울방학 성경 학교까지 등록해버렸다. 교회에서는 나물밥이 아니라 달걀, 사탕, 과자 등을 수시로 주었고 대학생 오빠 언니들은 우리 집 자매님들과 달리 다정하고 상냥했다. 그 덕에 주기도문, 사도신경을 술술 외웠고 일요일 아침마다 친구와 교회에 가 목사님의 설교를 들으며 '시험 잘 보게 해주세요', '우리나라 잘살게 해주세요', '우리의 소원은 통일' 같은 소원을 빌었다. 어린 나이에 국가와 인류의 안녕을 빌 정도로 인류애, 기독교 정신이 넘쳤는데 함께 다니던 친구가 자꾸 이상한 얘기를 하며 내 신앙심을 흔들어 놓았다.

"그런데 넌 하나님이 있다고 생각해? 누가 그랬대. 신은 죽었다고."

또래보다 한참 성숙했던 친구는 불쑥 이런 말을 하고는 더 이상 일요일 아침, 교회에 가자고 찾아오지 않았다. 대학생 언니, 오빠들이 번갈아 가며 친구에게 전화를 했지만 소용이 없었다. 나 역시 친구와 같이 갈 수 없어서인지, 시험을 잘 보지 못해서인지, 혹은 통일이 되지 않는 게 낫다고 생각해서인지, 교회 가는 일이 재미없어

(절, 교회, 성당)

졌다.

교회와도, 그 친구와도 그렇게 멀어졌다.

"엄마, 나 뭐라고 해? 별로 할 말이 없는데. 아무 말 안 하고 나와도 되나?"

미사포를 쓴 영화 속 여배우의 모습에 반해, 스테인드글라스를 통해 분사되는 영적인 빛에 이끌려, 부모님의 권유로 세례를 받고 성당에 다니게 되었지만 고해소에 들어가는 일이 난관이었다.

"친구랑 싸운 적 없어? 일하면서 잘못한 거는 없고?"

친구는 바빠서 만나지도 못했고 교통법규나 공중도덕을 어긴 적도 없고 온종일 시간을 보내고 있는 회사에서는 나보다는 상사가 더 나쁜 것 같은데, 뭘 고해해야 하나, 상사 뒷담화를 좀 했지만 그 정도로 죄가 되나? 협력업체 담당자에게 화를 냈지만 납기를 맞추지 못한 게 잘못 아닌가. 그럼 또 뭐가 있나? 그렇게 죄를 찾아내느라 진땀이 났다.

그렇게 들어선 고해소에서 신부님은 나의 죄를 사해주기는커녕 '호통'을 치셨다.

"얼마나 어렵게 고해했는데 어떻게 야단을 칠 수 있어?"

성당에 부모님만 내려드리고 다시 집으로 돌아가는 나를 잡는 엄마에게 결국 화를 내고 말았다. 그 후로 나는 '냉담'하게 되었는데 지금 생각하니 신부님은 억지 춘향의 나의 모습에 어이가 없었을 것이다. 호통이 아닌, 보속補贖●을 준 것이었는데 믿음이 짧았던 나는 그것을 알아듣지 못했다.

열심히 살던 나의 일상에는 일견 큰 죄가 없었을지 모른다. 물건을 빼앗거나 남을 속이지 않았고 이간질하기에는 그만한 지능이 못되었고(사람은 지능만큼 나빠지니깐) 갑질을 할 만한 위치도 못되었다. 그저 하루하루 최선을 다해 잘해보려고 노력하는 어리숙한 회사원일 뿐이었으니깐.

"방관하고 외면한 과거의 일은 시간이 지날수록 더 크게 마음에 남는 것 같아."

친구는 회사 동료가 상사로부터 경계가 모호한 희롱을 당했고 그 비밀을 어렵게 자신에게 털어놓았다고 했다. 마음 같아서는 공론화하고 싶었지만 나설 용기가 없었고 뒤에서 분노만 하는 것도 지쳐서 동료를 만나는 걸 피하게 되었는데 그녀가 퇴사하고 연락이 닿지 않자 그때의 일이 오래도록 마음에 남았던 것이다.

당사자가 아닌 이상 문제에 개입하는 건 누구에게도 쉬운 일은 아니라고 말했지만 나 역시, 그때마다 생각나는 일이 있다. 회사

● 죄를 보상하거나 대가를 치르는 일.

(절, 교회, 성당)

를 상대로 홀로 싸우는 동료가 있었다. 그는 처음에는 도움의 눈빛을, 다음에는 실망의 눈빛을, 마지막에는 그 누구의 눈도 보지 않고 걸었다. 모두가 진실보다는 회사가 만든 이미지에 휩쓸려 그에게 다가가지 않았다. 분노와 실망, 체념과 슬픔이 오가는 그의 마음을 그때는 온전히 알지 못했다.

한 발자국 떨어지기 전까지 미처 보지 못하는 것들이 너무 많다. 적극적으로 나쁜 사람은 법이 쉽게 찾아내 벌을 주지만 회피, 방관, 외면 그리고 자기 정당화는 가면을 쓰고 경계 아래 숨어 있어서 알아차리기 힘들다.

나도 모르는 사이, 누군가에게 상처를 남기기 전에 스스로 '알아차릴' 기회를 얻어야 하지 않을까. 불행히도 나는 절에서도 교회에서도 성당에서도 '알아차릴' 기회를 날려 먹었다. 만약 신부님의 보속을 실천하고 다음에도 고해소에 들어갔더라면 변명 대신 반성을 했을까. 잘못을 잘못으로 알아차리는 데도 훈련이, 연습이 필요한 거였다.

그런데 요즘, 종종 아니 자주 하느님을 찾는다.

위험한 순간, 다행스러울 때, '아뿔싸, 잘못했구나' 할 때도 '주여', '아, 하느님' 소리가 절로 튀어나온다. 엄마는 그걸 화살기도라고 했지만 그것이 예수님을 향한 것인지, 부처님을 향한 것인지, 조상님들을 향한 것인지, 혹은 나를 향한 것인지는 잘 모르겠다. '에구머니나', '엄마야' 같은 혼잣말 같기도 하다.

어쨌든 나는 매 순간 빈다. 대체로 안녕하길, 번창하길, 무탈하길, 이번만은 성공하길 빈다. 남의 성취를 바란다던가, 내 잘못이라고 고해하는 일은 드물다. 반성을 훈련받지 못한 나는 참 일관적으로 방어적이고 이기적인 기도를 한다.

우리 집 장식장 위에는 수녀님이 직접 십자수로 만들어 선물해주신 〈기도하는 손〉이 있다. 독일의 화가 알브레히트 뒤러가 그린 '기도하는 손'이다. 경건하게 두 손을 포개고 있는데 힘줄이 울퉁불퉁하고 주름지고 거칠다. 이 거친 손의 주인공은 뒤러의 친구인 한스 나이스타인으로 알려져 있다. 뒤러와 한스는 모두 그림을 그렸는데 형편이 좋지 않자 번갈아 일을 하며 서로의 공부를 돕기로 약속한다. 하지만 먼저 일을 시작한 한스는 거친 노동으로 그림을 그릴 수 없는 손이 되었고, 친구를 찾아간 뒤러는 일을 끝내고 콘크리트 바닥에 꿇어앉아 기도를 올리는 한스의 말을 듣게 된다.

"하나님, 제 친구 뒤러가 공부를 잘 마치고 그림을 팔 수 있는 화가가 되게 하심을 감사드립니다. 저의 손은 이제 노동으로 뼈가 굳어지고 손마디가 뒤틀려서 더 이상 그림을 그릴 수 없게 되었지만 제 친구 뒤러는 더욱 훌륭한 화가가 되게 해주십시오."

그때, 뒤러가 눈물을 흘리며 종이를 꺼내 그린 그림이 바로 〈기도하는 손〉이다.

뒤러의 그림처럼 기도하는 많은 손을 보았다. 절에서, 교회에서, 성당에서 모두가 두 손을 포개고 빌었다. 간절하게 무언가를 바라는 손, 감사와 은혜로움을 고하는 손, 잘못을 참회하는 손. 그런데 같은 꿈을 꾸는 친구의 성공을 바라는 손이라니, 게다가 친구를 위해 자신의 예술적 재능을 희생한 망가진 그 손으로 드리는 기도라니, 너무 비현실적이지 않은가. 장식장을 닦을 때마다 이 비현실적인 손에 계속 신경이 쓰였다.

기왕 올리는 기도, 기왕 찾을 '하느님'이라면 기도 분량이라도 조절해보는 게 좋겠다. 나만을 위해 쓰던 기도를 '반성 30퍼센트, 소원 30퍼센트, 남을 위한 기도 40퍼센트'로 말이다.

누군가를 위한 나의 기도가 쌓이면 혹은 나를 위한 누군가의 기도가 쌓이면 나는 뒤러가 될 수도, 한스 나이스타인이 될 수도 있겠다. 어쩌면 그 모두가 될지도. 국가와 인류의 안녕을 빌던 국민학교 5학년의 나로 돌아간다면 친구에게 신은 죽지 않았다고, 우리 안의 어디엔가 동면하고 있는 신들을 깨우기 위해 기도하자고 말해줄 수 있을 것 같다.

석 달간 환자복을 입고 지내던 시절, 한참을 망설이다가 병원 안의 천주교 원목실을 찾았다. 신부님과 수녀님은 쭈뼛거리는 나를 따뜻하게 맞이하며 나의 건강과 행복을 빌어주었다. 마음이 평평히 골라지며 매끄러워졌다. 평안했다. 퇴원하면 반드시 교적을 옮겨와 성당에 나가겠노라고 다짐했지만, 그때 받은 매듭 묵주가 서랍 속에서 한참을 잠들어 있다. 화장대 서랍을 열 때마다 마음의 짐이 켜켜이 쌓인다.

그러던 어느 날 작은아이와 동네를 산책하다 눈에 보이는 성당에 불쑥 들어가 앉았다. 두 손을 모으며 눈을 동그랗게 뜨고 있는 아이에게 혹시 잘못한 것 있으면 용서를 빌라 했더니, 한참을 멀뚱거리다가 "엄마, 나 아무리 생각해도 잘못한 거 없는 것 같은데, 뭐라고 해?"라고 한다.

아, 이거 어디서 들어본 말인데.

아뿔싸. 너도 '알아차리는' 훈련이 필요하겠구나.

(절, 교회, 성당)

#5

(**미술관**)

감수성이 한 움큼
성장했습니다

"좀 천천히 가요. 이 그림들이 얼마나 유명한 건데요."

핀란드에서 학업의 마지막 과정을 끝내고 세계 3대 미술관 중 하나라는 러시아의 에르미타주 미술관을 관람할 때였다. 무빙워크 속도로 그림을 보는 나를 동기가 불러 세웠다. 가뜩이나 그림에 문외한인데 여느 미술관처럼 작품에 가까이 다가가는 것도, 사진 찍는 것도 주의를 주지 않으니 무심히 걸려 있는 그림이 태어나서 한 번 볼까 말까 한 걸작으로 느껴지지 않았다.

휘황찬란한 샹들리에와 온통 금빛으로 장식된 겨울 궁전에 마음을 빼앗긴 탓도 있었고 회사 일과 학업, 육아를 병행하다 보니 어지럼증이 생겨 어디든 앉아 쉬고 싶은 마음이 컸다. 지금이라면 3박 4일 그림만 보라고 해도 볼 수 있을 텐데. 그땐 왜 레오나르도 다 빈치, 렘브란트, 모네, 밀레, 르누아르, 세잔, 고흐, 고갱, 피카소, 마티스와 같은 거장들의 작품을 건넛산 돌 쳐다보듯 했을까. 경영 용어, 신제품, 신기술을 모르면 다른 사람들보다 뒤처진다고 생각했지만 음악, 미술은 고등교육을 위해 최소한으로 '외우는' 것이지 '즐길' 대상이라고 생각하지 못했다. 그런 사람은 어디에 따로 있을 것 같았다.

그랬는데, 회사를 그만두고 처음 찾은 곳이 미술관이었다. 이유는 없었다. 요란한 자극에서 벗어나 마음과 생각을 멈추고 싶었다. 막상 미술관에 서 있으니 말로 표현할 수 없는 어떤 숭고함이 차올랐다. 눈에서 시작한 자극이 머리를 쿵 한번 때리고 가슴으로 내려가 스르르 물결이 일었다. 손발도 간질거렸다.

마음에 다툼이 많은 날은 인사동과 삼청동의 미술관을 찾았다. 가끔은 영화와 나, 음악과 나, 그림과 나, 운동과 나만이 존재할 때 나 자신과의 대화가 좀 더 쉬워지기도 한다. 그런 점에서 미술관은 다수가 무대를 향해 마주하는 영화관, 음악당과 달리 그림과 나, 단 둘만의 만남이 가능한, 혼자여도 좋은 최적의 장소였다.

(미술관)

✦✦✦

한때, 포스트모더니즘이라는 사조가 유행했다. 당시에는 글이고 그림이고 음악이고 뭔가 이해되지 않으면 그게 다 포스트모더니즘이었다. 그리고 '현대인의 고독과 방황, 불확실한 미래에 대한 고뇌'라는 해석이 붙었다. 왜곡된 그림, 두세 번 비틀린 글에 담겨 있는 의미를 찾아내지 못하면 어떤 '자질'을 의심받던 시절이었다. 직관적 느낌보다는 문제의식을 쥐어 짜내느라 진땀이 났다.

"그림 옆에 붙은 작가의 의도는 그림을 먼저 본 다음에 읽는 게 맞는 것 같아. 여행과는 완전히 다른 점이지. 여행은 가기 전에 읽어야 더 많은 걸 볼 수 있지만 그림은 그 반대지"라고 친구가 그림 감상에 대한 자신의 생각을 말했다.

여러 번 비튼 비평가의 해석과 작가의 의도가 예술을, 그림을, 미술을 일반인들은 넘볼 수 없는, 저세상 먼 곳으로 보냈다는 세간의 의견에 적극 동의한다. 과잉의 의미를 부여해서 원작자조차도 그 뜻을 다시 공부해야 하는 '요란한 해석'이 예술의 문지방을 높인 것 아니겠는가.

크고 작은 미술관에서 두서없이 서양화, 한국화, 추상화, 설치미술, 조각, 미디어아트, 일러스트 등을 관람했다. 친구의 조언대로 누구의 작품인지 작가의 의도가 무엇인지는 상관하지 않았다. 내 맘대로 느끼고, 해석하고 더러는 잊었다. 큰맘 먹고 해외 유명 작가의 전시도 보았지만 내게는 누구에게나 문이 열려 있는 인사동, 삼청동, 정동의 미술관이 편하고 좋았다. 그곳에서 인상 깊게 본 작가의 작품이 프리즈_{Frieze} *, 키아프 서울_{Kiaf SEOUL} **에 전시되고 해외로 판매되었다는 기사를 보면서 덩달아 뿌듯했고 미술관 나들이에도 자신이 붙었다.

미술관 문지방을 부지런히 넘나들 즈음 공공도서관에서 진행하는 서양미술사 수업을 들었다. 그림에 대해 좀 더 체계적으로 알고 싶다는 욕심에서 시작했는데 수업 회차가 거듭될수록 미술사도 복잡하게 느껴지고 화가들의 이름이나 생애도 헷갈렸다. 화풍도 비슷해서 미술관에서 느꼈던 감동이 지루함으로 바뀌기 시작했다.

그때였다.

'어, 이거 뭐지? 왜 아름답지?'

어떤 그림이 화면을 가득 채우는데 마음이 복잡해졌다. 창백한 얼굴의 여자가 물에 빠져 반듯하게 누워 있는데 삶과 죽음의 경계에 서 있는 고요하고 아름다운 얼굴이 기묘했다. 화가 존 에버렛 밀레이 John Everett Millais의 〈오필리아의 죽음〉이라고 했다. 사랑하는 연인 햄릿이 자신의 아버지를 죽이자 강물에 몸을 던져 스스로 목숨을 끊는

- 현대미술의 세계적인 행사로, 예술가, 갤러리, 수집가, 미술 애호가들이 모여 최신 미술 동향을 공유한다. '프리즈'라는 이름은 1991년에 창간된 런던의 미술 잡지 《프리즈 Frieze》에서 유래했다.
- 2002년에 시작된, 한국 최초의 국제아트페어다.

(미술관)

순간을 그린 작품이다. 눈과 입을 반쯤 감고 서서히 죽은 듯한 모습의 여인과 죽음 따위와는 상관없이 야트막한 강물 위에 떠 있는 아름다운 꽃이 대조를 이뤘다. 그림 속 인물에 이런 감정을 느끼다니, 얼마간의 미술관 유랑으로 뇌의 구조가 바뀌었나? 그림을 보고 어떤 감정을 느끼는 것은 특별한 사람들의 몫이라 생각했는데 오필리아의 죽음이 현실처럼 느껴졌다. 마치 내 눈 앞에서 죽어가는 듯한 그녀의 모습에 순간 나의 여러 감각도 함께 활짝 열리는 것 같았다.

✢✢✢

에르미타주 미술관에서 함께 작품을 관람했던 동기와 옛 회사 상사가 전시회를 연다는 소식을 전해왔다. 어린 시절 화가에 뜻을 두었던 두 사람은 오랜 직장생활 후 다시 붓을 잡았다고 했다. 회사 상사는 실경산수화로 '국전-목우회전'에서 동시 입상하며 화단의 주목을 받았고 동기는 꽃이 피고 흔들리는 순간을 수채화로 화폭에 담아냈다. 감탄이 절로 나오는 솜씨다. 함께 일하고 공부하고 어울려 밥을 먹은 지 30년이 넘었는데 대체 그들의 어디에 이런 재능이 있었던 걸까? 그동안 어떻게 이런 표현의 욕구를 참고 산 건지 놀랍기도, 부럽기도 했다.

●　　조선 후기(18~19세기)에 성행했던 화풍으로, 산천의 실재하는 경관을 그리는 산수화를 말한다.

"화가라뇨. 아직 취미에 지나지 않아요."

동기는 부끄러워했지만, 꿈을 이룬 사람들이 가지는 특유의 반짝임이 보였다.

"예술Art이란 존재하지 않는다. 다만 예술가Artist만이 존재할 뿐이다"라고 한 에른스트 곰브리치의 말처럼 그들은 분명 예술가였고 그들의 그림은 하나의 장르였다. 꿈에 도전하고 그것을 즐기는 예술가들이 눈앞에 있다는 게, 그들이 나의 지인이라는 것이 자랑스러웠다.

　　드라마 〈그해 우리는〉의 주인공은 펜화 작가•다. 병약미 넘치는 주인공은 도시의 건축물을 그린다. 얇은 선으로만 건물의 입체감, 원근을 표현한 것이 인상 깊었다. 회사 상사와 동기에게서 받았던 감동이 '어쩌면 나도?'로 발전한 것일까. 펜으로 그리는 것이니 해볼 만하다는 생각이 들었다. 유튜브를 뒤져 '어반 스케치 기초법'을 찾아냈다. 기초 단계로 인물, 나무를 그렸다. '어라. 생각보다 그럴싸한데. 나, 그림에 소질이 있었나?' 싶었다.

　　다음은 건물 풍경이다. 중간 중간 정지버튼을 눌러가며 건물을 덩어리 형태로 단순화하는 것까지는 리듬감 있게 잘 따라갔다. 그런데 건물을 세부적으로 구분하고 원근과 입체감을 표현하는 과

●　**주인공 최웅(최우식 분)이 그린 그림의 원작자는 프랑스 출신의 작가 티보 에렘**(Thibaud Herem)**이다.**

정부터 손이 뻣뻣해지기 시작했다. 선의 두께와 방향으로 밀도감을 표현하라는데 머리로는 이해가 되는데 손이 나가질 않는다. 아, 사물의 원근과 비율을 눈에서 손으로 옮겨오는 게 이렇게 어려운 것이었나? 노래를 들을 때는 따라 부를 수 있을 것 같은데 막상 부르면 음정 박자 모두 무시될 때와 같은 답답함이 손끝을 지배했다.

학창 시절, 선생님은 교탁 위에 사과 하나를 올려놓고 그리라고 했다. 거기까지는 좋았다. 그러나 사과 하나를 그렸으면 사과 두 개도 그리고 바나나도 오렌지도, 과일 바구니도 그리면서 사물 간 비율, 원근감을 깨우쳤어야지, 어쩌자고 우리는 '가위바위보' 해서 사과를 먹어 치울 작당을 했을까. 원근법을 익히지 못한 채 그린 가을 소풍 풍경화는 가까이 있는 것은 멀리, 멀리 있는 것은 가까이 느껴지는 마법을 부렸다. 그래, 노래방에 가면 '부르는' 것보다 '듣는' 역할에 충실한 것처럼 '그리는' 것은 회사 상사와 동기에게 맡기고 나는 '보는 사람'이 되어야겠구나.

그렇다고 펜을 쥐었던 시간이 아주 의미가 없었던 건 아니다. 그리려고 집중하니, 건물 길이를 뼘으로, 창문 길이를 손톱으로 재어보는 습관이 생겼다. 그리고 싶은 대상에는 오랫동안 관심이 갔다. 소설책에서 눈을 떼지 못하고 밥 숟가락질을 하던 중학생 때처럼 한 차원 높은 의식의 세계에 잠시 몸을 담그고 온 것 같았다.

관찰의 기쁨, 표현의 어려움, 몰입의 즐거움을 깨우치고 나니 그림 보는 마음이 좀 더 풍부해졌다. 미술관에서 천천히 그림을 응시하고 있으면 그림 속의 슬픔, 기쁨, 두려움 같은 감정이 내게로 전이돼 비애, 애절함, 처연함, 스산함, 고결함 등으로 넓게 펼쳐지며 그 폭이 확장되는 걸 느낀다. 어른이 되면서 닫힌 어떤 내면이 자극을 받아 그 문을 천천히 열어젖히는 것 같다고나 할까. 심장이 한 움큼 커진 것 같은데(실제로는 심장이 커지면 안 된다) 그 무게감이 작지 않았다.

　미술관을 다니면서 관심을 두지 않았던 다양한 사회 문제들에도 눈길이 갔다. 여인, 아이, 노동자, 노인의 모습을 담은 그림은 어렵고 복잡한 말로 계몽하지 않으면서도 노동, 차별, 폭력, 혐오 등 인간사의 문제에 다가서게 했다. 나보다 깊은 의식 세계를 유랑한 작가들이 그려낸 그림을 통해 세상을 보는 방법을 배운다고 할까. 좀 거창하게 말하면 인간다움을 찾아가는 여정처럼 느껴졌다.

　회사 상사의 전시회에 갔다가 눈에 들어오는 작품을 만났다. 미술관 관람 초보에게는 흔치 않은 일이다.

　"왜, 이 작품이 마음에 들어? 훌륭한 작가님이지. 그런데 이 작가님은 본인이 죽기 전에 작품들을 다 태우고 죽겠다고 하시네."

　상사의 설명에 눈앞에 있는 그림이 사라지는 것처럼 안타까운 마음이 들었다. 문외한의 눈에도 재료의 다양함, 과감한 표현력이

돋보이는 수작인데 그런 멋진 그림을 다 태우고 죽는다고? 왜일까. 편견 가득한 세상에 자식 같은 작품들을 두고 떠나고 싶지 않아서일까? 그림 속에 쏟아놓은 생각과 감정과 함께 세상을 떠나고 싶은 것일까?

문득, 스웨덴의 추상화가 힐마 아프 클린트_{Hilma af Klint}가 생각났다. 그녀는 칸딘스키나 몬드리안보다 20여 년 먼저 추상화를 시작했지만● 사후 20년간 자신의 작품을 공개하지 말라는 유언을 남겼다. 비교적 최근에 대중에 공개된 그녀의 그림은 놀랍도록 현대적이어서 오히려 100년 후 미래에서 온 것 같았다.

그녀 역시 너무 앞선 자신의 세계를 대중이 이해하지 못할 것이라 생각한 걸까? 어설픈 시선과 가치평가에 자신의 그림이 내몰리고 섣불리 자본이 개입하는 것이 두려웠던 걸까?

죽을 때 작품을 다 태우겠다는 화가와 그림 공개를 사후 20년으로 정한 화가의 진짜 마음은 어떤 것일까? 그 복잡한 속내를 감히 알 것도 같고 모를 것도 같지만 '그리는' 사람도 '보는' 사람도 좀 더 자유롭고 과감하게 서로에게 다가서길 희망한다.

● 칸딘스키와 몬드리안이 추상화를 그린 시기는 1920년대, 반면 힐마 아프 클린트는 1900년대 초에 시작했다고 한다.

소외되는 것에 불안해하지 않고 한유한 시간을 즐기다 보면 깊이 숨어 있던 내면의 자신이 벅찬 응답을 한다. 문을 걸어 잠그고 방으로 들어간 아이들이 다시 그 문을 열고 나올 때 여물어 있는 것처럼.

2장

가족의

이름으로

#6

(식당)

함끼에서 혼밥까지,
우리 함께해요

해물, 육류, 채소 등 가리지 않고 모든 종류의 음식을 별다른 거부감 없이 잘 먹는 편이다. 엄마가 해물탕, 생선구이, 고기볶음, 야채 부침, 칼국수, 냉면, 잔치국수 등을 치우침 없이 해주기도 했지만 형제 많은 집의 특성상 음식에 까탈을 부릴 처지도 아니었다.

사회생활을 하며 본격적으로 매식買食을 했다. 거의 모든 끼니를 회사 구내식당 혹은 근처의 식당에서 해결했다. 학교 앞에서 비빔밥, 짜장면, 칼국수, 떡볶이, 만두를 맛보던 혀가 순댓국, 내장탕, 막창구이, 닭발 등의 동물 부속이나 생선회, 육회 등 날것을 맛보기

(식당)

시작했다.

  굳이 동물의 오장육부까지 먹어야 하나, 육류나 생선은 익혀 먹어야 하는 거 아닌가 하는 거부감이 들어도 다 같이 먹는 자리니 티내며 돌아앉을 수는 없었다. 비릴 것이라는 염려와 다르게 오신채●로 잡내를 뺀 동물의 오장육부에서는 베지근한●● 맛이 났다. 어느새 그 맛에 매료되었다. 서소문 뒷골목의 삭힌 홍어회와 무교동의 매운 낙지는 처음의 맛을 잊을 수 없을 정도로 충격적이었지만 코끝으로 뿜어져나오는 알싸한 향과 혀가 얼어버린 것 같은 매운맛에 익숙해지면서 입맛은 더욱 강하고 야해졌다.

  제철 음식을 먹을 기회도 많았다. 보고서를 쓰고 출장을 가고 회의를 하는 것처럼 새로운 음식을 만났다. 회식으로 가을 전어나 주꾸미, 과메기를 먹었고 바닷가로 워크숍을 가서 싱싱한 대하, 전복을 맛보았다.

  상 위에서 숟가락, 젓가락을 부딪치고 소주잔을 기울이다 보면 제정신으로도, 제정신이 아닌 채로도 서로 가까워졌다. 일하던 손을 놓고 식당에 앉아 배를 채우며 회사생활도 그럭저럭할 만하다고 생각했다.

●   달래, 마늘, 부추, 파, 양파 다섯 채소를 일컫는다.
●●   고기 따위를 푹 끓인 국물이 구미가 당길 정도로 맛있다는 뜻으로, 제주 지방의 방언이다.

✦✦✦

직장생활이 식생활의 1차 확장기였다면 2차 변화는 결혼이다.

멸치와 들기름으로 맛을 낸 김치찌개를 먹고 자랐는데 배우자는 기름기를 걷어내야 할 정도로 들척지근한 돼지고기 김치찌개를 선호한다. 거듭되는 문명의 충돌에 두 종류의 김치찌개가 동시에 식탁에 오르기도 했다.

정성스레 나물 반찬을 올려도 '오늘은 먹을 게 없네' 하며 돌아앉는 아이들 때문에 끼니때마다 소, 돼지, 닭, 오리 등을 재우고 볶고 구워야 한다. 바다 내음 가득한 굴, 간장게장이 생각나도 미역국, 김에서도 비린내가 난다며 해산물을 기피하는 가족들 때문에 밥상 위에 올릴 엄두를 내지 못한다. 같은 집에서 같은 밥을 먹고 자랐어도 된장찌개를 좋아하는 큰아이와 김치찌개를 좋아하는 작은아이 때문에 한 끼에 두 개의 찌개를 끓이기도 한다. 유전학상, 환경적으로 가장 가까운 사이지만 '제 손도 안팎이 다르듯' 입안 사정은 각양각색이다.

제각각의 식성을 맞추기 위해 물기 마를 날 없이 바삐 돌아가는 주방도 주말에는 잠시 그 문을 닫는다. 주말만큼은 '함끼'●하자는

● '함께'의 방언으로 제주 지역에서는 '흠끼'로도 적는다. 이 책에서는 '함께 먹는 끼니'라는 의미로 사용코자 한다.

규칙 때문이다. 돈을 버는 손도, 공부를 하는 손도, 밥을 하는 손도 동시에 멈춘다. 그 누구도 식사 전후의 노동에 지쳐서는 안 되기 때문이다.

밥상 노동은 그 강도와 빈도에 비해 터무니없이 저평가된 노동 중의 하나다. 평생 쉬지 않고 오르고 내리는 밥상을 위해 가족 중 누군가는 매일 부엌에 선다. 하루 세끼를 차려내는 일은 생의 마지막까지 계속되기도 한다. 드라마 〈나의 해방일지〉에서도 세 남매의 엄마는 밥하다가, 밥하다가 죽었다. 압력밥솥에 밥을 올려놓고 자는 듯 세상을 떠났다. 죽어야 밥에서 해방되는 삶이라니. 정도의 차이가 있을 뿐, 부엌을 책임지는 많은 이들이 이 장면에 크게 공감했다 (갑자기 울적해진다).

그러니 가족 모두가 공평하게 씹고 마시고 말하기 위해 밥상 노동을 대신해주는 식당으로 향한다. 물론 '오늘은 뭐 먹을까?'의 결정은 쉽지 않다. '이 시간에 먹기엔 고열량이다', '운동 중인데 밀가루를 먹을 순 없다'에 음식 알레르기의 조건까지 붙으면 매우 복잡해진다. 티격태격 소란을 겪다가 결국 합의에 도달해 향하는 단골 식당 몇 군데를 소개한다.

가족 누군가 아프면 반드시 가서 뜨끈한 국물로 속을 달래야 하는 콩나물국밥집, 인근 중학교 야구 선수들의 단골식당으로 푸짐한 밑반찬에 스무 가지가 넘는 주메뉴를 자랑하는 가정식 백반집, 숯불고기 김밥으로 유명하지만 막상 가면 떡볶이와 비빔밥 등을 먹고 김밥은 포장해 오게 되는 분식집, 토마토 김치와 각종 채소를 무침, 조림, 지로 만들어 내놓는 생삼겹살집, 이탈리아 현지 피자와 파스타보다 열 배는 더 맛있는 이탈리안 레스토랑, 비프 차우면과 기스면이 일품인 중국집, 닭곰탕을 전문으로 하다가 지금은 소머리 국밥을 야들야들하게 끓여 내놓는 국밥집, 40년 넘은 원조 우거지 감자탕집 등이 대략 우리 집의 단골식당이다.

모두 도보로 갈 수 있는 거리에 있으며 10년 이상 문지방을 넘은 곳이다. 요리의 양도 넉넉하거니와 반찬도 눈치 보지 않고 더 가져다 먹을 수 있고 식당 식구들이 먹으려고 만든 반찬까지 덤으로 받기도 한다. 시골서 올라온 콩이라며, 방금 만든 누룽지라며, 깻잎지가 잘 되었다며 한 봉지를 담아준다. 그릇을 들고 가 포장하면 말도 안 되는 양을 담아주는 맛집들이다.

그런 대접을 받으니 손님으로서도 격格이 생긴다. 급한 손님에게는 자리도 양보하고 식당 직원들이 마실 커피도 사가고 더러 식탁도 정리한다. 손님이 뜸하면 꼭 내 살림처럼 걱정이 앞선다.

이곳 식당에서 허겁지겁 음식을 보충하면 각자의 바쁜 일로 멀리 떨어졌던 가족들이 그 거리를 좁혀 가까이 다가와 앉는다. 부모라고, 자식이라고, 부부라고 각자가 짊어진 짐을 대신해줄 수는 없겠지만 그 짐의 이름표만이라도 확인할 수 있으면 더 이상의 다행이 어디 있겠는가.

식당Restaurant의 어원이 프랑스어로 '기운을 회복시켜주는

restaurer 음식'이라는 뜻이라는데 소박한 식당에서의 '한끼'는 원기 회복과 함께 우리 사이에 잠들어 있는 '다정'을 펼쳐준다. 집으로 돌아오는 길, 앞서 걷는 가족들에게 포옹의 제스처를 취하며 생각한다. 맵고 강한 음식을 질겅 씹어가며 매운 회사생활을 견뎌냈듯, 이 다정한 식당에서 나의 노동을 내려놓고 가족, 이웃, 그리고 세상과 가까이 앉아 수다할 수 있음에 감사하다고. 마음이 충만한 부자로 만들어 주어 감사하다고 말이다.

동서남북 어느 방향이든 고봉밥에, 마음까지 담아주는 식당들이 있으니 동네 전체가 우리를 돌보고 있다는 느낌이, 우리를 위해 밥을 짓고 있다는 느낌이, 그래서 보호받고 있다는 느낌이 든다. 그래서일까, 잠깐 살겠다 했던 이 동네에서 벌써 20년 가까이 살고 있다.

요리 영상이나 음식 관련 글을 부러 찾아보는 편은 아닌데 어쩌다 유명 소설가가 쓴 음식 에세이 두 권을 연달아 읽었다. 음식에 얽힌 어린 시절의 추억과 음식을 통한 위로의 메시지를 담은 내용이지만 두 책의 결은 달랐다. 남자 소설가의 글은 '음식은 이래야 한다'였고 여자 소설가의 글은 '이런 음식은 이렇게 만들어진다'가 주된 흐름이었다.

남자 소설가는 그동안 받아온 밥상 위의 음식을, 여자 소설가는 부엌에서 만들어지는 음식의 과정을 서술했다. 연달아 읽어서인지 같은 국밥인데 '먹는 국밥'과 '만드는 국밥'은 완전히 다른 음식처럼 느껴졌다.

부모님이 차려준 밥상만 받다가 나의 부엌이 생기고 '만드는' 역할을 부여받자 밥상 위의 음식이 달리 보이기 시작했다. '일 한다고 음식 못하는 게 당연한 것은 아니다, 뭐든 할 줄 알아야 한다'는 엄마의 당부도 그러하고, '자신이 먹을 것은 자신이 만들 수 있어야 진정한 독립이다'는 충고(누가 그랬더라?)도 현실감 있게 다가왔다. 요즘처럼 요리 영상이나 글이 넘쳐나던 시절도 아니었으니 매번 엄마에게 전화해 물을 수도 없고 요리책 몇 권을 사긴 했지만 이론과 실전은 다른 법이어서 결과물은 신통치 않았다.

그러니 식당에 가면 질문이 많아졌다.

"저, 사장님. 이건 뭐 넣고 무치신 거예요?"

"이건 얼마나 오래 끓여야 해요?"

성가시지만 배우려는 자에게 냉담할 자는 없다. 식당 사장님들은 양념의 조합과 조리의 과정을 설명해주고 때로는 종이에 정성껏 적어주었다. 콩나물국밥집에서는 오뎅 볶음을, 가정식 백반집에서는 달걀말이를, 생삼겹살집에서는 토마토 김치를, 분식집에서는 누룽지 쉽게 만드는 비법을 전수 받았다(물론 같은 맛이 나지는 않았다).

그러니까, 나에게는 만능소스와 집밥을 대표하는 백 선생님

이전에 동네 식당의 사장님들이 있었다. 가족에게 해 먹여야 한다는 의무감과 동네 식당 사장님들의 가르침으로 나의 요리 실력을 빠르게 업그레이드 되었다. 그렇게 나는 여자 소설가처럼 '먹는' 쪽보다는 '만드는' 쪽으로 경험과 지식이 늘어 갔다.

그러니 우수한 학군지이냐, 역세권이냐가 아니라 그 명맥을 오래 지켜온 다정한 식당이 그 지역의 부동산 가격을 결정짓는 중요한 이유가 되면 좋겠다. 가정, 국가, 세계의 평화를 위한 중요한 공약이 될 것이며 소상공인과 부엌을 책임지는 이들의 전폭적인 지지를 받게 될 것이니 과감히 이 제안을 사회로 던져본다.

오랜 건조주의보 끝에 내린 눈은 질척하고 눅눅했다.

공공도서관에서 책을 읽다가 집에 가서 끼니를 해결하고 오자니 도로 상태가 만만치 않고 굶자니 눈에 별이 번쩍여 여기저기 기웃거리다 눈앞의 식당에 들어섰다. 수제 칼국수와 수제비, 만두가 메뉴의 전부다. 밀가루 반죽대와 저울, 가스불밖에 없는 단출한 주방의 모습에 혼자서 먹는 때늦은 밥이 맛까지 없을까 봐 불안했다.

주문한 지 10분도 되지 않아 손으로 얇게 뜯어 뜨겁게 끓인 수제비에 빨간색 고춧가루와 듬성듬성 썰린 청고추가 섞여 있는 양념장, 보송한 김가루까지 수북히 올려진 한 그릇이 식탁에 놓였다. 한 숟가락을 떠 배 속으로 밀어 넣는데 탱탱한 수제비와 양념장 풀린 얼큰한 국물이 순식간에 목젖을 미끄러지듯 넘어갔다. 접힌 허리와 푹 패인 미간이 펴지고 오래 묵은 피로까지 싹 가셨다. 오, 하느님. 수제비가 이렇게 맛있을 일인가요.

사실 먹는 일에서만큼은 운이 좋은 편이다. 어느 곳에 가든 밥 때여서 배곯는 일 없었고, 사전정보 없이 들어선 식당도 맛은 평균 이상이고, 분명 아무 손님도 없었는데 식당에 들어서기 무섭게 다른 손님들이 들이닥치는 건 말하면 입 아프다. 몰려든 손님 때문에 음식 차례가 늦어지지만 여럿이 함께 먹을 수 있어서 좋고, 운을 몰고 다니는 바람잡이로 환영을 받는다. 사람들은 셋째 딸로, 먹을 것을 달고 태어나 그렇다고도 했고 까다롭지 않은 입맛 탓에 무엇이든 잘 먹어서라고도 했다.

급하게 허기를 채우고 식당을 둘러보니 홀로 온 듯한 네다섯 명의 사람들이 각자 음식을 기다리고 있었다. 할머니, 할아버지, 중년 남자, 학생, 직장인. 너 나 할 것 없이 각자 등을 동그랗게 말아 호르륵 호르륵 참, 열심히도 먹는다. 혼자 먹는 밥은 종교의식처럼 거룩하기도, 스산하게도 느껴졌다. 수제비 맛에 울컥, 수제비를 먹는 사람들의 등을 보며 또 울컥 목이 메었다. 먹는 일이 이렇게 슬픈 일인지. 혼밥은 사람을 늙게 만든다던데●. 오늘 여기 사람들은 도대체

● 혼밥을 한 노인은 누군가와 함께 식사를 한 노인에 비해 노쇠 위험이 61퍼센트나 높다고 한다(질병관리청의 국민건강영양조사 결과, 2014~2019년 연구).

(식당)

몇 살을 더 먹는 건지.

'함끼'의 시간이 지나고 자식들이 자신의 가족을 만들어 '함끼'
할 시간에 나 역시 언제고 이렇게 혼밥하는 날이 올지도 모른다.

"반찬 더 드릴까요?"

곱게 화장한 사장 할머니는 단무지와 갓 담은 겉절이를 더 채
워주었다. 만약 언제든 혼밥하는 날이 일상이 되는 날이 온다면 혼
밥하는 이들에게 조금 더 마음을 써주는 식당에 앉아 숟가락을 들고
싶다. 그때까지 오늘의 식당을 포함해 나의 맛집 식당들이 나와 함
께 잘 버텨주길 바란다.

굴, 꼬막, 해물 부침을 안주로 내놓는 동네 맥주집을 찾은 어느
날이었다. 동네 지인과 함께 앉았는데 앞 테이블의 곱게 화장한 할
머니가 눈에 익다. 목인사를 나눴고 그제야 수제비를 먹던 식당에서
단무지와 겉절이를 채워주시던 사장 할머니라는 게 생각났다.

"아, 저기 앞 손칼국수집 사장님이시죠? 저, 가끔 가서 먹어요."

"아니고. 나 사장 아냐. 사장은 젊은 남자, 나는 종업원이야. 종
업원."

"아…. 네. 조만간 또 갈게요."

한참 지인과 맥주잔을 비우고 있는데 우리 테이블로 생굴이
나왔다.

"저희 시키지 않았는데요."

"저 테이블 할머니가 시키고 계산하고 가셨어요."

아. 우리 동네 식당엔 사장님이건 종업원이건 온통 다정한 사람들뿐이다.

7

(**예식장**)

사랑, 불태우지 말고
그대로 얼리세요

- '왜, 너냐.'
- '다음 생에 내 눈에 띄면 가만 안 둔다.'
- '모든 순간, 모든 시간.'

라디오에서 〈결혼, 후회되는 순간〉이라는 질문에 게시판에 올라온 시청자들의 답변이다. DJ는 긴 한숨을 쉬었다. "여러분, 도대체 어떤 결혼생활을 하고 계신 겁니까?"

차에서 들으며 웃음이 났다. 이토록 희극적인데 50대, 40대 미혼의 남자 DJ는 몹시 심각하다. "아니, 이런 답변을 올려주시면 저희더러 결혼하라는 겁니까? 말라는 겁니까? 무서워 죽겠어요."

그래, '결혼'은 무서운 일이지. 내용만 보면 질문이 복수인지 결혼인지 알 수가 없지. 한때 서로 열렬하게 사랑했을 그 시절에는 저 문장들이 이랬을 텐데.

- 왜, 너냐 → 너여서, 너였기 때문이야.
- 다음 생에 내 눈에 띄면 가만 안 둔다 → 이번 생이 아니면 다음 생에라도 만나.
- 모든 순간, 모든 시간 → 한순간도 네가 아닌 적이 없었어.

속초 가는 길에 배우자, 작은아이와 함께 인제의 자작나무 숲에 잠시 들렀다. 그곳을 추천한 친구는 30분이면 정상에 오를 수 있다고 했다. 그런데 한 시간 반을 넘기고도 자작나무는 보이지 않았다. 마주치는 여행객들은 하나같이 '다 오셨습니다. 기운 내십시오'라고 응원의 메시지를 건넸다.

가만있어도 땀이 비 오듯 하는 날씨이니 옷은 이미 흠뻑 젖었고 운동화까지 축축해졌다. 여름휴가가 가는 길인데 여기서 힘 빼지 말고 그만 내려가자는 배우자의 말에 나는 어떻게 여기까지 와서 내려가냐며 팽팽히 맞섰다. 친구는 결혼 25주년 은혼식을 기념해 지리산(해발 1,915미터)을 다녀왔다는데, 고작 해발 884미터를 오르면서 몇 번의 실랑이를 하는 건지. '다음 생에 내 눈에 띄면 가만두지 않는다'는 말이 귀에 웅웅거렸다. 역시 결혼은, 결혼의 현재는, 공포다.

불쑥, 눈치만 살피던 작은아이가 중재에 나섰다. 지금부터 첫 번째로 마주치는 사람에게 물어서, '다 왔습니다'라고 하면 내려가고 다른 대답이 나오면 끝까지 가보기로.

"얼마나 더 가야 해요?"

"조금만 힘내시면 곧 모든 걸 보상받으실 겁니다. 허허허."

중년의 여행객은 알듯 말듯 답했고 그래서 우리는 조금 더 올라가는 편을 택했다. 그리고 곧이어 숲의 정상을 맞이했다.

정상은 놀라웠다. 새하얀 껍질의 옷을 입은, 흰칠한 자작나무들이 빼곡히 숲을 감싸고 있었다. 백옥같이 하얀 피부의 여자 같기도 하고 키 큰 남자들이 주욱 서 있는 것 같기도 했다. 화재로 활활 타고 남은 하얀 재를 뒤집어쓰고 있는 것처럼 보이기도 했다. 고요하고 평온했다. 바람은 어느 한 곳을 편애해 머물지 않고 나무 사이사이로 자유롭게 흘렀다. 넘치는 보상에 중간에 하산했으면 어쩔 뻔 했을지, 안도의 숨을 내쉬며 가슴을 쓸어내렸다.

코로나의 긴 터널을 통과할 즈음, 결혼식에 초대받았다. 팬데

믹과 절차 간소화로 대개 모바일 청접장으로 갈음하는데 혼주인 옛 회사 상사는 식사를 대접하며 종이 청첩장을 전했다. 30여 년 전, 아빠 회사 야유회에 따라왔던 모습이 선한데, 그 아이가 벌써 결혼이라니, 시간이 번지점프를 한 건가.

예식장은 신랑 신부의 친구와 회사 동료들로 활기가 넘쳤다. 우리 무리는 그 중간쯤에 앉아 여유롭게 결혼식을 관망했다.

20대에는 친구 결혼 준비를 도와주거나 뒷풀이에 참석하느라 바빴고, 30대에는 참석하지 못한 동료와 친구를 대신해 축의금을 전달하느라 바빴다. 40대에는 늦둥이 아이를 돌보느라 결혼식에 참석하지 못해 마음이 불편했는데 요즘은 맡은 역할도 딱히 없고 시간도 여유로워 한 발자국 멀리서 결혼식을 즐긴다.

나의 사정은 그러한데 요즘 예식장은 그렇지 않았다. 분위기나 진행 방식은 예전보다 노련해졌지만, 지하철에 사람들을 욱여넣는 것처럼, 결혼을 찍어냈다. 예식 사이 간격이 불과 30분인 경우도 있었는데 몇 분 늦게 도착해 예식을 보다가 다른 이의 결혼식인 것을 알고 어찌나 당황했는지. 혼주의 초대로 참석하는 결혼식이 대부분이니 신랑 신부의 얼굴은 낯설고 이미 입장해 등을 돌리고 앉은 혼주를 알아보기는 쉽지 않다.

함께 앉은 옛 동료가 예식장이 혼잡해진 이유를 알려주었다. 서울 25개 자치구 중 6개 자치구에 예식장이 없다는 것이다. 그래서 남아 있는 예식장에 몰리고 코로나로 미룬 예식까지 한꺼번에 치르느라 그렇다고 했다. 비혼, 저출산의 위험을 알리는 기사와 달리 결혼하는 청년들이 증가하는 긍정적인 신호로 생각했는데, 그런 사정이 있을 줄이야.

결혼식은 차분히 진행되었다. 신랑의 아버지가 주례로 나섰는데 아이와의 추억, 결혼의 의미, 삶의 자세 등 직접 쓴 말들이 현실감 있게 마음에 닿았다. '기쁠 때나 슬플 때나 함께하기'로 서약했던 선배, 동료, 그리고 후배마저 어느덧 혼주가 되는 나이가 되었으니 아무 생각 없이 참석하던 결혼식이 달리 보인다. 뒤에서 지켜만 보던 제사의 과정을 제대로 익혀야겠다고 느끼던 어느 날의 마음과 같으려나? 자식으로서 부모의 다음 과정을, 부모로서 자식의 다음 과정을 눈여겨볼 시기가 된 것이리라.

말이 나온 김에, 그동안 결혼식을 지켜보며 가졌던 의문이 있다. 신랑과 신부의 어머니는 화촉을 밝히고 신부 아버지는 신부와 함께 입장하지만 신랑 아버지의 역할이 없는 것이 이상했다. '같은 부모인데, 무슨 역할이 있어야 하지 않나?', '처음부터 홀로 앉아 있으면 외롭겠다' 등등.

결혼식이야말로 오랜 관습과 규범의 결정체이니 그 절차와 법도를 바꾸기 쉽지 않겠지만 신랑 아버지도 신랑과 함께 입장하거나 아버지들이 화촉을 밝히고 어머니들이 신랑 신부와 함께 입장하고 합동 주례로 나서면 재밌을 것 같다는 상상을 하기도 했다.

"그런 결혼식 봤어. 양가 부모님이 같이 입장해서 화촉을 점화한 후 신랑 신부가 동시 입장하더라. 나중에 전부 나와서 춤도 추고."

친구는 엄숙한 결혼식이 모두가 즐기는 축제로 바뀌고 있다고 말해주었다.

"난 신랑 아버지가 신랑과 같이 입장하는 결혼식 봤어. 마음이 찡하더라. 그렇지만 부모의 참여는 최소한이 좋다고 생각해. 양친 부모가 모두 생존하는 것도 아니고."

오. 다른 친구의 말도 맞다.

"우리 조카야말로 규범과 관습에 제대로 싸움을 걸었지. 조카가 친구가 운영하는 사진 스튜디오에서 결혼했는데 하객들 모두 서있고. 깔끔한 정장 입고 결혼 서약만 하고 끝내더라. 오빠랑 그렇게 싸우더니 조카가 승리했지."

친구의 오빠와 오빠의 사돈은 그동안 참여했던 경조사의 회수를 셈하며 끝까지 반대했지만 젊은 조카 부부가 승리하며 축의금, 주례, 축가 없이, 최소의 하객이 지켜보는 가운데 식이 휘리릭 끝났다는 것이다. 조카 부부가 전세로 들어간 집주인을 결혼식에 초대했는데 집주인이 젊은 부부의 기특한 모습에 결혼식 현장에서 통 크게 전세금을 깎아주어 분위기가 아주 좋았다고 했다.

어쩌면 예식장의 예식 시간이 짧았던 건 셈 빠른 예식장의 장

(예식장)

샷속 때문만은 아닐지도 모르겠다. 불필요한 격식과 과정을 과감히 생략한 독립적인 청년들의 반짝이는 선택일지도. 세상에서 가장 새빨간 거짓말이 '그들은 결혼해서 행복하게 살았대요'라는데, 멸치 김치찌개와 돼지고기 김치찌개가 동시에 상에 오르고 자작나무 숲 한 번 함께 오르기도 버거운 것이 결혼인데, 혼자라면 있지도 않을 수많은 문제를 둘이서 고민하는 것이 결혼인데, 시작부터 진을 뺄 이유는 없을 것이다.

✤✤✤

"정상까지 오르느라 고생했네. 원래 30분 거리인데 공사 중이라 멀리 돌아가서 그런가 봐. 그런데 볼만하지? 오늘 너희 부부는 꺼져가는 '화촉'을 밝히고 온 거야."

친구의 말인즉슨, 결혼식 봉투에 쓰는 '축 화혼華婚'의 '화' 자가 '자작나무 화樺'에서 유래한 것인데 하산하지 않고 정상을 보았으니 자작나무에 불이 붙듯 부부의 인연이 더욱 깊어질 것이라 했다.

글쎄다, 친구야. '온통 너로 가득했던 세상'이 '하필이면 너를 만나서'가 되고 '한순간도 네가 아닌 적이 없던' 사람들이 '모든 순

●　자작나무는 껍질에 기름기가 많아서 불쏘시개나 촛불로 쓰였으며, 글을 쓰는 데 사용되기도 했다. 고려시대에 완성한 팔만대장경의 일부가 자작나무로 만들어져서 오랜 세월의 풍파 속에서도 벌레가 먹거나 뒤틀리지 않고 현존하고 있다.

간, 모든 시간이 후회된다'고 말하는 게 결혼인데, 자작나무 한 번 봤다고 꺼져가는 불이 붙을 리가.

'어떻게 사랑이 변하니'라고 울부짖는 상대에게 '사랑은 움직이는 거야'라고 말하고 돌아서는 것이 사랑의 결말인데, 하물며 결혼생활의 항상성이 그렇게 쉬울 리가.

그런데 얼마 뒤, 그 어려운 문제에 대해 큰아이가 답을 주었다.

"오늘 엄마, 아빠 결혼반지 찾았다."

배우자와 나의 결혼반지는 결혼식 후 보석함에 잠시 살다가 집을 비울 일이 생기면서 친정 냉장고로 이사해 오랜 세월을 보냈다. 잘 보관한다고 선택한 곳이 냉동실인데 그 위로 음식들이 차곡차곡 쌓이면서 행방이 묘연하다가 냉장고를 바꾸면서 그 위치가 식별된 것이다.

20여 년 만에 보는 결혼반지는 낯설었다. 끼지도 않을 것을 뭐하러 했을까. 그러니깐 이게 그때 얼마였더라. 그래도 명색이 결혼반지인데 너무 방치한 거 아닌가 했더니 큰아이가 한마디를 던진다.

"엄마, 그나마 결혼반지를 얼려서 지금까지 살고 있다는 생각 안 해봤어? 소중히 끼고 다녔으면 지금 어떻게 되었을지 몰라."

어이쿠. 그렇구나. 결혼생활이란 상대에 대한 마음을 활활 태워 자작나무처럼 재로 만드는 게 아니라 그 상태 그대로 '얼리는' 거였구나. 한 발자국 떨어져서 차갑게 말이지.

상대를 있는 그대로 인정하고 모든 상황을 객관적으로 판단하려면 '열정' 뒤의 '냉정'이 무엇보다 중요한 것이구나.

그러니 늦은 결혼이나 리마인드 웨딩을 계획하는 분들, 인제의 자작나무 숲을 오르려는 분들이 있다면 한여름이 아닌 한겨울에 하시라. 아니다. '싸움터에 나갈 때는 한 번, 바다에 나갈 때는 두 번, 결혼할 때는 세 번 기도하라'는 러시아의 속담부터 가슴에 새기는 건 어떨지.

아, 그것도 아니다. '나의 얼굴은 전생에 내가 사랑했던 사람의 얼굴'이라는데, 다음 생에 배우자의 얼굴로 태어나도 괜찮은지부터 생각하시라.

#8

(　장례식장　)

식혜와 춘삼이가
답을 줄 것이다

꽁꽁 얼어 있던 만물이 녹는 봄이 오면 개화소식과 함께 어르신들의 부고 문자가 날아든다. 이미 우리나라는 사망률이 출생률을 역전한 상태고 나의 생애주기를 고려할 때 출생보다는 사망 소식을 접하는 게 자연스러운 일이겠지만 2월이 되면 부쩍 그 횟수가 잦다.

장례식장이 20년 전보다 두 배로 늘었다는 기사를 읽었다●. 장례식장은 대표적인 혐오시설로 주민의 동의 등 설립 절차가 까다로

● 　국세청에서 조사한 100대 생활업종 통계에 따르면 2022년 6월 기준, 장례식장은 1,107곳으로 2002년(569곳)과 비교하면 두 배 증가했다(《조선일보》, 2023.06.27.).

　　　　　　　　　　　　　　　　　　　　(　장례식장　)

위 다른 시설에 비해 쉽게 증가하기 힘든데도 그렇다고 한다. 결혼식을 올렸던 곳이 장례식장이 되었다며 전후 사진이 올라오기도 한다. 사회에서 죽고 있는 사람, 죽을 사람이 많다는 얘기다.

"호상인 거지?"

"음. 그렇다고 봐야죠. 건강히 사시다 편하게 가셨으니."

상주는 문상객의 질문에 잠깐 생각하는 얼굴이 되더니 그렇게 답했다. 호상好喪! 복을 누리고 오래 산 사람의 상사喪事를 뜻한다고 한다. 별다른 지병 없이 평균 수명 이상 장수하다가 잠자듯이 자연사하는 경우를 말하는데 대개 8~90년 이상을 살다가 죽음을 맞이했다면 호상이라고 부른다.

그런데, 누가 호상을 규정할 것인가. 본인이 죽어버렸는데 자식인들, 부모인들, 주변인 그 누가 당사자가 건강하고 행복하게 살다가 죽었는지 아닌지를 판단할 수 있을까. 한 사람의 삶을 어떻게 물리적인 시간, 객관적인 건강 상태, 부, 명예, 권력 등의 성취 기준으로 판단할 수 있을까?

"누군가의 죽음에 호상이란 말을 쓰는 건 살아 있는 사람들의 섣부른 위안 아니야? 호상이란 말은 함부로 쓰면 안 될 것 같은데…."

나는 와자지껄한 문상객들을 보며 괜히 부아가 나 함께 조문 간 사람들에게 성을 내고 말았다.

"이게 무슨 말이야, 본인상?"

회사 게시판에는 경조사를 공유하는 메뉴가 있었다. 여간해서는 들어가지 않는데 그날따라 제일 위에 뜬 공지를 보았다. 대개는 모친상, 부친상, 빙부상, 빙모상이라는 소제목이 붙는데 본인상이라니. 죽음에 가까운 나이까지 회사에 다니는 사람은 없고 죽을 만큼 아픈 사람이 회사를 다닐 수는 없는 노릇이니 '본인상'은 매우 어색한 표현임에 틀림이 없었다. 그래서 스크롤이 멈췄는데, 이름을 보는 순간, 얼어버렸다.

신입사원 A의 장례식장은 슬퍼도 슬퍼도, 그렇게 슬플 수가 없었다. 누구보다 건강하고 밝고 다정한 후배였다. 그는 그룹 신입사원 하계수련대회에서 회사가 퍼포먼스 대상을 받는 데 주된 역할을 할 만큼 적극적이었다. A는 수술하고 복직하면서 곧 완치될 거라고 패기 있게 말했다. 다시 입원했다는 소식을 들었는데 한 달도 안 되어 '본인상'을 알린 거다.

장례식장은 친구들과 선배, 회사 동기, 상사로 꽤 복잡했지만 그 어떤 이야기 소리도, 음식을 먹는 소리도, 술을 따르는 소리도 들리지 않았다. 청년의 장례식장은 슬프고 무거웠다.

부모님이 돌아가셨을 때를 '천붕天崩'이라고 하고 자식이 부모

(장례식장)

보다 먼저 세상을 떠나는 것을 '참척慘慽'이라고 한다. 천붕은 하늘이 무너지는 슬픔, 참척은 참혹한 슬픔이라는 뜻이다. 부모님의 죽음도 죽음이지만 부모보다 늦게 세상에 온 자식이 부모를 앞서는 건 슬픔을 넘어 깊은 고통이다.

73세로 비교적 장수한 정약용도 자녀 9명 중 6명을 먼저 잃었다. 조선시대에 이런 비극은 흔했다지만 여섯 자식의 묘비명을 일일이 지으며 얼마나 고통스러웠을까? 사회적 지위와 직업을 막론하고 자식을 앞세운 부모들의 얼굴엔 슬픔이 어둠처럼 깔려 있다.

눈으로 확인할 수 있는 죽음도 그러할진대, 사고로 부모와 자식을 잃고 그 시신을 찾지 못해 장례조차 치를 수 없었던, 혹은 온전하지 못한 시신으로 장례를 치러야 했던 사람들의 심정은 어떠할까.

살면서 너무 많은 비극을 본다. 백화점과 다리가 무너지고 수련원과 지하철에서 불이 나고, 배가 침몰하고 거리에서 사람이 죽는다. 우리나라뿐만이 아니다. 세계 곳곳에서 굶어 죽고, 전쟁으로 죽고, 쓰나미로 죽고, 지진으로 죽고, 각종 범죄로 죽는다. 제 명을 살지 못하고 부모보다 앞서는 자식들을, 뜻하지 않게 부모를 잃고 살아가는 사람들을 본다.

온 나라를 들썩이게 했던 불행은 이내 잊히고 다른 불행이 얼굴을 바꿔가며 찾아온다. 탄식은 잦고 애도는 짧고 출구는 그 끝을 알 수 없게 복잡해졌다. 사람들은 타인의 아픔을 '길'로 만들지 못하고 미로에 갇혀, 왔던 길로 다시 돌아간다. 어쩌다 비극이 흔한 일이 된 건지. 그리고 그 불행이 나를 비껴간 것에 언제까지 안도해야 하는 건지.

그래, 평균 수명 이상 장수하다가 잠자듯이 자연사하는 것이야말로 축복받은 죽음이구나. '호상'이구나.

"그냥, 기억하는 거예요. 우리끼리도 자주 보지 못하니깐 기일에 맞춰 서로 얼굴 보고 그 시절을 이야기하는 거죠."

후배는 20년째 친구의 기일에 휴가를 낸다. 그는 꽃 같은 청춘에 사고로 생을 달리한 친구가 잠든 곳에서 친구들과 하룻밤을 묵고 온다. 먹고 사느라 바빠서, 평소에는 까맣게 잊고 살지만 그날만큼은 살 만큼 살아내지 못하고 떠난 친구를 온전히 애도한다고 했다.

사람이 죽으면 두 차례에 걸쳐 매장해서 첫 번째 장례에서 마지막 장례까지 2년에서 10년이 걸린다는 인도네시아 보르네오섬의 다약족처럼 후배는 이미 죽은 자들의 세계로 간 친구를 오랫동안 묻지 못하는 것 같았다.

"뭐, 20년? 소설 같은 얘기네. 친구는 매년 꽃 피는 봄이 오면 지상으로 내려와 친구들과 한잔하고 가겠구나. 산 사람들끼리도 그렇게 보지 못하는데, 친구가 좋아하겠다. 언제까지 할 생각인데?"

(장례식장)

"뭐, 언제까지라는 약속은 없어요. 우리들도 하나둘씩 갈 거고 마지막 남은 사람이 마지막으로 다녀오겠죠."

사는 건 누구나 죽음과 가까워지는 일이지만 예고 없이 속도를 높여 떠난 이에게는 야속한 마음마저 든다. 같은 부서에서 근무했던 동료 B의 갑작스러운 비보에도 그랬다. 지난 명절에 안부를 나누고 함께 차를 마시고 다음의 만남을 기약했는데 한동안 멍했다. 이게 무슨 일인가 싶어 말이 나오지 않았다.

장례식장에는 옛 직장 동료들 모두 어리둥절한 얼굴로 앉아 있었다. 며칠 뒤 운동하기로 약속한 이도 있고, 전날 밤에 농담 섞은 통화를 나눈 이도 있고, 계절이 바뀔 때 캠핑하자는 계획을 세운 이도 있고, 업무적으로 도움을 요청한 이도 있었다.

천붕의 슬픔을 삭이는 아이들, 준비도 없이 배우자를 잃은 배우자를 보고 오니 마음이 어지러운데, 발인 날에 SNS는 눈치도 없이 망자의 생일을 축하하라는 메시지를 보내왔다. 태어난 날에 발인하다니. 이 무슨 말도 안 되는 우연인 건지.

그의 담벼락에는 친구, 동료, 선후배의 글들이 올라왔다.

'형, 생일인데, 잘 가요. 아프지 말고.'

'지난날의 추억으로 그대를 기억 속에 남기네. 하늘나라에서 만나면 공기 좋고 분위기 있는 데서 또 한잔 하세.'

그를 기억하는 이들이 SNS에 애도의 글을 남겨놓았다.

B는 함께 근무하며 다투기도, 도움을 주고받기도, 소주잔을 기

울이기도 했던 동료이자 선배였다. 꽤 많은 시간이 흘렀지만 요즘도 가끔 그의 SNS를 찾아 그 시간 그대로 멈춰 있는 사진을 본다. 매년 기일에 산소를 찾는 후배처럼 하지는 못하겠지만 할 수 있을 때까지 마음속으로나마 그를 성실하게 애도하려 한다.

'선배님. 함께 일해서 영광이었고 편히 쉬십시오. 나중에 술 한 잔 올리겠습니다.'

"안 돼. 아빠는 강아지든 고양이든 금붕어든, 장수풍뎅이든 하여간 뭐든 우리 집에서 죽어 나가는 거 싫어."

작은아이가 강아지를 키우고 싶다고 하자 배우자는 단호하게 말했다.

"아빠는 왜 죽는 생각부터 해? 안 죽게 잘 키우면 되지."

아이는 키우기도 전에 죽음부터 생각하는 아빠가 이상했을지도 모른다. 아직은 죽음의 무게를 모르는 탓이리라. 큰아이가 키우던 금붕어가 느닷없이 죽었을 때 아파트의 한적한 곳에 고이 묻어주었지만 남아 있는 금붕어 먹이를 보며 양육환경에 무슨 잘못이 있었나 자책했던 기억이 있다. 장수풍뎅이가 죽은 후에도 남아 있는 젤리를 한동안 버릴 수 없었다.

아이에게는 동물 털 알레르기도 있고 좀 더 커서 한 생명을 충분히 책임질 수 있을 때 다시 생각해보자는 말로 시간을 벌었다. 아이는 쉽게 잊었고 시간은 흘렀다.

"코코가 하늘나라로 갔어. 안락사시키고 싶지 않아서 집에 데리고 있었는데 마지막 날 너무 아파해서 미안했어."

친구는 반려견 코코의 죽음에 한동안 힘들어했다. 유기견이었고 어떤 사정이 있었는지 집에서는 볼일을 보지 못하고 밖에서만 볼일을 해결하느라 하루에도 서너 번 산책을 시키며 함께 많은 시간을 보냈다고 했다. 반려묘 춘삼이가 친구의 곁을 지켰지만 코코를 쉬이 잊지 못했다.

우리나라 인구 4분의 1이 반려동물을 양육하고 있다고 한다●. 반려동물이 가족의 영역에 들어온 지 오래다. 문제는 동물들은 사람만큼 오래 살지 못한다는 거다. 개는 평균 10~13년, 고양이는 12~18년 정도를 산다. 반려동물이 무지개다리를 건너고 사람이 일상을 회복하는 데 걸리는 시간은 평균 732.2일, 2년이 넘어야 상실감에서 벗어난다.

낯선 손님에게 짖지도 않고 친구 옆에 조용히 누워만 있던 코코의 죽음을 마음 깊이 애도하지만, 무엇보다 나의 친구가 빨리 그

●　'동물보호에 대한 국민 의식 조사(농림축산식품부, 2022년)'에 따르면 반려동물 양육 가구는 602만 가구, 양육 인구는 1,300만 명으로 국민의 약 4분의 1이 반려동물을 키우고 있다(《연합뉴스》, 2023.02.03.).

상실감을 털어내길 바란다. 2년은 너무 긴 시간이니깐. 누구의 죽음인지, 죽음의 이유와 형태가 무엇인지 간에 남겨진 사람은 애도와 슬픔을 건너 다시 건강하게 살아가야 하니까.

이 무거운 당위에 라디오 프로그램의 시청자 사연이 그 방법을 알려주었다.

'오늘 처음으로 식혜를 만들어봤어요. 얼마 전에 외할머니가 돌아가셨는데 엄마가 제정신이 아니셨어요. 그래서 생각난 게 식혜였는데, 엄마가 이 식혜를 먹고 기운을 차렸으면 좋겠어요. 엄마가 할머니가 해주시는 식혜를 정말 좋아했거든요'라는 사연이었다.

20대의 어린 딸은 엄마의 엄마가 해주던 식혜로 엄마를 다시 일으키려고 한다.

사랑하는 사람이 더 이상 존재하지 않는다는 것. 그것은 커다란 상처다. 하지만 죽음은 필연적이며, 우리는 누군가를 잃을지라도 다른 누군가와 함께 생을 보내게 될 것이다. 상실의 슬픔은 우리를 성숙하게 하고, 남아 있는 주위 사람들의 소중함을 깨닫게 해준다.

세상의 모든 죽음은 이렇게 극복되는 것이리라. 코코 대신 친구 곁을 지키고 있는 춘삼이가 그 답을 줄 것이다.

(장례식장)

#9

(병원)

그때는 신경성이고,
지금은 갱년기입니다

국민학생 때로 기억한다. 며칠간 옆구리에 찌르는 듯한 통증이 느껴지더니 급기야 체육 시간, 운동장에서 배를 잡고 구르는 사태가 발생했다. 집 근처 제중의원의 의사 선생님은 청진기를 대보고 배와 등을 손으로 몇 번 꾹꾹 눌러 보더니 대수롭지 않게 엄마에게 "신경성 복통입니다. 아이가 좀 '예민'한가 봅니다"라고 말했다.

이어 밥 잘 먹고 잘 자면 금방 괜찮아질 거라는 처방을 내렸다. 이렇게 아픈데 그저 '신경성'이라니. 돌팔이 단골 멘트 아닌가. 그런데 이상하게도 며칠간 잘 먹고 잘 자니 콕콕 찌르던 통증이 싹 없어졌다.

대학병원 응급실이 심적으로도, 물리적으로도 멀던 시절에 제중의원은 온몸이 불덩이일 때, 설사와 토악질로 기절 직전일 때 가는 응급실이었다. 제중의원 의사 선생님은 모든 병을 아무렇지 않게 대했는데 또 신기하게도 처방대로 하고 나면 언제 그랬냐는 듯이 몸이 제자리를 찾았다.

밤새도록 다리를 긁어도 의사 선생님은 "신경성이야. 가려울 때마다 마음속으로 '나는 가렵지 않다'고 되뇌어봐. 못 참겠으면 한 대씩 때리거나 찬물로 씻어"라고 했다. 아직도 피곤한 날이면 몸을 긁어 온몸이 상처투성이지만 알레르기나 아토피 약 없이 어찌어찌 버티면서 살고 있으니 신경성은 정말 신경만 쓰지 않으면 나을 수 있는 병일지 모르겠다. 그렇게 성인이 될 때까지 감기나 신경성 '무엇무엇'을 제외하고 딱히 심각한 질병이나 수술, 입원의 경험 없이 자랐다.

이런 나의 소회에 엄마는 이렇게 말했다.

"왜 병명이 없었겠니. 그땐 알아도 몰랐고 몰라서도 몰랐지. 그냥 그렇게 넘어간 거지."

그런데 나의 아이들은 내 어린 시절만큼 예민하지 않았다. 몸이 좀 불편하다고 해서 병원에 가면 신경성 복통 정도가 아니라 장염, 중이염, 폐렴, 골절 등 구체적인 병명으로 입원하고 수술했다. 눈병, 수족구, 피부염, 독감 등 각종 유행병도 빼먹지 않아서 소아과, 정형외과, 이비인후과, 피부과, 안과 등을 수시로 드나들었다. 예민했던 나는 잘 먹고 잘 자는 것만으로도 나았는데 아픈지, 아프지 않은지도 모르는 아이들은 항생제와 소염제를 달고 살았다.

지하수도 마시고 수돗물도 마시던 시대에서 물도 사서 먹고 아침마다 공기질을 체크하는 세상으로 변했으니 왜 안 그렇겠는가. 온종일 다방구, 고무줄, 구슬치기, 달리기하며 시간을 보낸 우리 때와 달리 학교 끝나면 학원 공부에, 밤새우며 게임하고 휴대폰을 놓지 못하니 거북목에 척추측만증에 어디 온전한 곳이 있겠는가. 가공식품과 유해 장난감, 화장품에 일찍 노출된 탓도 있고 무엇보다 의료지식의 발달로 모든 병의 이유가 분명해져서 몸의 자연적인 회복을 기다릴 틈 없이 약을 먹고, 자르고 갈라서 염증을 꺼내기 때문이리라.

"엄마, 숨이 안 쉬어져."

큰아이는 저녁 무렵부터 숨이 차다고 하더니 자정이 되어서는 급기야 숨을 쉴 수 없다고 했다. 둘러업고 대학병원 응급실로 향하는데 아이의 입술이 파랗게 변하기 시작했다.

"폐렴 같은데요. 엄마가 모르셨어요? 이 정도면 애가 엄청 힘들었을 텐데."

뭐? 폐렴이라고? 기침하는 거 못 봤는데. 며칠 야근으로 제대로 살피지 못했지만 설마….

그러나 급성 폐렴이라는 진단이 내려졌고 아이는 일주일 동안 멍이 들 정도로 가슴을 쳐서 폐의 염증을 떨어뜨리고 다량의 항생제를 맞고 나서야 퇴원할 수 있었다.

'아프면 참지 말고 바로바로 엄마에게 얘기하라'는 의사 선생님의 당부를 옆에서 듣고 있자니 몸이 오그라드는 것 같았다.

"아니, 애가 이렇게 될 때까지 도대체 엄마는 뭘 하신 겁니까?"

의사 선생님은 대놓고 야단을 쳤다. 작은아이 보기도 민망하고 무안했다. 아프면 엄마한테 말 좀 하라고, '제발 형이나 너나 병 좀 키우지 말라'고 소리쳤지만 종일 안타깝고 미안했다. 축구 경기 후 다리가 아프다고 해 몇 군데 파스를 붙여줬는데 파스를 붙인 자리의 피부가 스팸 두께만큼 부풀어 오른 것이다. 진드기, 식물, 동물 털, 여러 음식에 알레르기 반응이 있다는 건 알고 있었지만 파스에까지 민감할 줄이야. 급성 알레르기도 겁났지만 아이의 몸에 별 관심을 두지 않았던 무신경이 더 부끄러웠다.

질병은 개인의 부주의, 유전적 요인, 사회 환경 등이 종합적으로 섞여 있어서 명확한 인과 관계를 찾기 힘들다. 사람의 몸에는 그가 속한 사회의 온갖 바이러스와 병균과 습성이 응축되어 있어 모든 질병이 반드시 나의 탓, 부모의 부주의는 아닌데도 아이의 질병은 너무도 쉽게 부모의 죄책감을 불러일으킨다.

'좀 더 세심히 살폈어야 했는데', '약을 좀 더 일찍 먹였어야 했는데' 같은 함정에 빠지다 '내가 제대로 된 유전자를 물려주지 못했구나'에 이르면 직장 복귀로 모유 수유를 이어갈 수 없었던 그 먼 과거까지 거슬러 올라가 자책을 이어간다.

그러나 이런 염려와 달리 아이들은 놀라운 속도로 회복했고 제자리를 찾았다. 이후에도 가볍고 심각한 여러 질병을 앓았지만 키와 몸무게를 늘려가며 병과 싸우는 힘도 키워나갔다. 시간이 흐르며 아이들의 병원 출입도 차츰 뜸해졌다.

아이들의 병원 출입이 드물어지자 나와 부모님의 병원 출입이 시작되었다. 주로 피부, 눈, 코, 귀, 팔, 다리 등 신체 외부기관에 이상이 생겼던 아이들과 달리 이번에는 혈관, 뇌, 폐, 위, 간 등 눈에 보이지 않는 몸 깊숙한 곳에서 오래된 염증이나 종양이 발견되었다. 신경외과, 소화기내과, 내분비내과, 심장내과, 혈액종양내과, 흉부외과, 가정의학과, 산부인과 등 이미 종합병원 진료과의 절반 이상에 명단이 올라가 있다.

"심장이 안 좋아서 검사하면 신장이나 폐, 혈액에도 문제가 있다고 하고. 성한 데가 한 군데도 없는데 이렇게 살아서 걸어 다닌다는 게 또 신기하다."

엄마는 병원 진료과 몇 군데를 다녀오면 봄, 여름, 가을, 겨울이 바뀌어 있다고 했다. 그래도 의지할 곳이 병원밖에, 의사의 진단과 처방밖에는 없다고 했다. 처방에 따라 약을 먹고 음식을 가리지만 부모님의 질병은 꼬리에 꼬리를 물고 발견된다. 아이들처럼 원상복구가 아닌 현상 유지를 최선으로 삼는데 그마저도 쉽지 않다.

부모님의 질병에는 나를 위해, 나의 형제를 위해 살아온 시간이 매달려 있다. 부모님이 돈을 벌고 밥을 하고 세상살이의 무게를 견뎌내는 동안 나와 나의 형제들은 건강하게 성장했고 그 사이 부모님은 하나둘 질병을 얻었다. 질병의 당사자로 가는 병원보다, 자식의 보호자로 가는 병원보다 부모님의 보호자로 가는 병원의 발걸음이 더 무거운 이유다.

세월이 흘러, 나 역시 부모가 되었고 노동의 한복판에 서 있다. 워낙 건강 체질이기도 하고 무슨 병이든 대수롭지 않게 여기는 호기가 있지만 이제 잘 먹고 잘 자는 것만으로 병이 낫지는 않는다.

"추적관찰은 그만하고 이제 수술해야 할 것 같습니다."

머리에서 '체내의 세포가 자율성을 가지고 과잉으로 발육한 것 또는 그 상태'를 꺼내야 한다는 의사의 말에도 마음의 동요 없이 담담히 수술 일정을 잡았다. 주변의 일 또한 정리했다. 두 번의 수술을 받았고 예상치 않게 오래 중환자실에 머물렀고 한 분기를 병원에서 보냈다. 무더위가 시작할 무렵 병원에 들어가 단풍이 질 때 환자복을 벗을 수 있었다.

병원에서의 하루는 짧았고 일주일은 길었고 한 달은 도둑맞은 것 같았다. 주치의의 회진을 기다리는 것으로 아침이 시작되었고 교대 근무하는 간호사들의 얼굴을 확인하며 일주일을 보냈다. 중간 정산을 하니 한 달이 지나 있었고 병실 짐을 정리하니 석 달이 지나 있었다.

그러는 사이 옆 침대, 혹은 옆 병실에는 중·경증의 환자들이 들고 나갔다. 섬망 증세로 밤마다 이상한 소리를 내던 할아버지 환자, 비슷한 시기에 수술대에 올랐지만 말하지 못하는 상태로 깨어난 동갑내기 환자, 집에 가면 다시 부엌 신세가 되어야 하니 좀 더 있다가 퇴원하겠다고 우기던 할머니 환자, 두 번째 암 발병인데도 항암 치료를 받는 내내 보호자보다 더 씩씩했던 중년의 환자 등이 기억에 남는다.

TV에서 봤으면 눈물 없이 볼 수 없는 사연인데 신기하게도 그 속에 있으니 모두가, 모든 게 아무렇지도 않았다. 밥을 먹고 산책하고 수다를 떨고 좀 아파하다가 진통제를 맞고 다시 밥을 먹으며 그냥 하루하루를 살았다. 깊은 슬픔도, 커다란 실망도, 애타는 안타까움도 없었다. 심각한 사람은 문병을 오는 친척, 친구, 지인들뿐이었다. 그들만 깊은 눈빛으로 한참을 쳐다보다가 두 손을 잡고 손등을 쓸어내리다 돌아갔다.

긴 병원생활 동안, '이렇게 살아 있는 것만으로도 감사하다'는 마음을 먹게 하는 환자들을 많이 보았다. 그들은 모두 힘을 빼고 흘러가는 사정에 몸을 두었다(어쩌면 줄 힘조차 남아 있지 않았는지 모르겠다). 오랫동안 아픈 사람들은 지쳐 있었지만 대범했고, 어쩌다 아픈 사람들은 호들갑이었지만 아직 힘이 남아 있었다. 그 둘을 구분할 수 있게 되었을 즈음, 나와 그들은 순차적으로 병원을 나섰다. 모두가 원상 복구된 것은 아니었지만 또 크게 불행할 일도 아니라는 것을 서로를 통해 깨우쳤으니 힘 빼고 서서히 살아가리라.

요즘은 부모님에게 내려졌던 진단과 처방이 하나둘 나와 나의 형제들에게 찾아오는 것을 느낀다. 질병은 시간을 타고 자연스럽게 세대에서 세대로 이동한다. 한동안 뜸했던 병원을 향한 발걸음이 다시 잦아졌다.

과도한 노동을 한 것도 아닌데 발가락, 손가락, 무릎, 어깨 통증이 한꺼번에 찾아왔다. 웬만하면 자연치유의 시간을 기다리는 편이지만 그럴 만한 상태가 아니어서 병원을 찾았다.

"음. 류마티스는 아닙니다. 뼈도 나이에 비해 튼튼한 편이예요.

퇴행성 관절염도 아니시고."

"선생님, 그럼 왜 이렇게 아플까요?"

"글쎄요. 뭐. (컴퓨터 화면을 뚫어져라 응시하다가) 혹시 갱년기이신 가요?"

"아, 네. 그… 그건 그렇죠."

"(단호하게) 갱년기에는 그럴 수도 있습니다. 지켜보시죠."

아, 또 갱년기! 요즘은 심한 부종에도, 두통에도, 어지럼증에도, 떨어지지 않은 감기에도 마지막 진단은 늘 같다. 어릴 때는 '신경성' 무엇무엇이었는데 지금은 '갱년기' 무엇무엇이란다. 의사 선생님은 아파 죽을 것 같은데 별다른 치료법도, 약도 없다고 했다.

아, 그래. 어쩌면 다행이다. 잘 먹고 잘 자는 것만으로도 병이 나았던 것처럼 특정한 병명 없이 이 시간이 지나면 통증도 가라앉고 몸도 정상으로 돌아올지도 모른다.

분명 반드시, 그… 그럴 것이다.

사랑하는 사람이 더 이상 존재하지 않는다는 것. 그것
은 커다란 상처다. 하지만 죽음은 필연적이며, 우리는
누군가를 잃을지라도 다른 누군가와 함께 생을 보내
게 될 것이다. 상실의 슬픔은 우리를 성숙하게 한다.

3장

함께

살아간다는
것

#10

(학교)

향기롭고 따뜻한 기억으로
남기를 바라

"아이고, 네가 벌써 학교엘 간다고? 신발주머니 다 끌린다. 바
짝 들어라. 쯔쯧."

동네 아주머니들은 내가 지나갈 때마다 혀를 찼다. 애가 가방
을 멘 것인지 가방이 애를 끌고 가는 것인지 모르겠다며 엄마도 동
네 아줌마들에 섞여 한숨을 내쉬었다.

입학식 날은 추위도 정말 너무 추웠다. 친구들과 나는 하얀색
거즈 손수건을 명찰처럼 왼쪽 가슴에 달고 운동장에 섰다. 거즈 손
수건은 유아에서 학생이 된 아이들의 표식이었다. 줄줄 흐르는 콧물

을 닦는 용도였는데 우리들 중 그 누구도 함부로 그 귀한 손수건에 콧물을 닦지 않았다. 대신 손등으로 쓱, 다시 바지 엉덩이에 쓱.

입학식 사진에는 생각보다 단정하고 생각보다 고급스러운 옷을 입은 나와 친구, 부모님들이 있다. 입학식, 학부모 면담, 운동회, 작품 발표회 때마다 엄마는 나와 엄마의 옷에 풀을 먹이고 다리고 심지어 그날을 위해 새 옷을 구매하기도 했다. 우리 집 달력에는 언니, 나, 동생의 학교 행사가 가족의 생일이나 기념일보다 더 크고 빨갛게 표시되어 있었다. 학교는 절대 빠지면 안 된다고 아파도 학교 가서 아프라는 엄마의 원칙 때문에(요즘은 그러면 큰일 난다) 가방에 끌려다니면서도 6년 개근의 쾌거를 이루어냈다. 그러니깐, 나의 어린 시절 '학교'는 절대 우위를 가진 권위의 상징이었다.

학교는 아이들로 넘쳤다. 같은 반 친구들이 70명, 그런 반이 학년마다 스무 개도 넘었다. 교실은 선생님 코앞까지 책상과 걸상이 빼곡했다. 맨 앞에 앉아 고개를 들면 선생님의 콧속까지 훤히 보였고 선생님이 무엇을 크게 강조할 때마다 분사하는 침이 직격으로 날아왔다.

오전 오후반이 교대하는 시간에는 학교가 그야말로 북새통이었는데 바통 터치를 하며 장난치기에 여념이 없는 우리와 달리 선생님들은 모두 긴 막대 몽둥이를 들고 소리를 질렀다. 오후반일 때의 담임 선생님은 첫 수업부터 지쳐 있었다.

모음과 자음도, 사칙연산도 깨우치지 못하고 교실에 앉았으니 모든 게 느렸지만 그만큼 모든 수업에 진지하게 임했다. 구구단이나 받아쓰기 시험을 볼 때는 나무 책상 중간에 가방을 올려놓거나 책철 파일을 V 자로 벌려 가림판으로 만들었는데, 그 안에 들어가 고개를 옆으로 돌리면 참호 속에 숨은 것처럼 쿵쾅거리던 마음이 편안해져서 시험이 하나도 무섭지 않았다.

일주일에 몇 번은 교실 마룻바닥에 왁스를 바르고 윤을 내는 청소를 했는데 그런 날 집에 돌아와 양말을 벗으면 나무 가시들이 한가득 털려 나왔다. 까슬한 바닥에서 마대 걸레로 중심을 잡으며 미끄럼을 타다가 발바닥에도 가시가 박혀 한동안 고생을 했다.

매일 아침 8시와 오후 6시에는 태극기를 올리고 내리는 국기 게양식이 있었다. 담당 선생님과 전교 회장, 부회장 언니 오빠들은 어떤 위대한 의식을 치르는 것처럼 국기를 내려서 접고 국기함에 넣었는데 그게 또 너무 거룩해 보여서 한참을 처다보다가 집에 왔다.

중·고등학교의 교실은 한결같이 추웠다. 각반 주번이 부지런히 석탄을 퍼 날랐지만 교실은 그 온기를 골고루 전달하지 못했다. 교실문 옆에 앉으면 내복과 양말 두 개를 껴 신었어도 시베리아 바람을 견디기 힘들지만 운 좋게 난로 옆에 앉으면 종일 술에 취한 사람처럼 벌건 얼굴로 수업을 받았다.

몸집이 커진 우리에게 교실은 더 비좁게 느껴졌다. 분단과 분단 사이의 통로는 작은 내 몸이 걸릴 정도로 좁았다. 체구가 큰 친구들이 앞자리에서 뒷자리로 가려면 책상 위를 깡충 뛰어다닐 수밖에 없었다. 얼마되지 않는 쉬는 시간, 매점에서 빵을 사 먹고 제자리에 앉으려면 그 방법밖에는 없다는 걸 우리는 알았고 선생님들은 몰랐다. 벌 서는 친구들도, 그걸 바라보는 친구들도 모두 억울했다.

나는 대체로 무언가를 빨리 배우는 편인데 자전거의 보조 바퀴를 떼고도 금세 중심을 잡았고 탁구도 라켓을 잡자마자 대충은 쳤고 배드민턴도 그랬다. 공부도 습득이 빠른 편이었다. 문제는 운동도 공부도 어림으로 이해하면 늘 적당한 선에서 멈췄다. 그 지점에서 '더 해내는' 방법을 배웠어야 했는데 그러질 못하고 졸업장을 받았다. 《수학의 정석》보다 《성문종합영어》를 더 소중히 가지고 다녔지만 늘 수학 성적이 더 좋았고 그래서 이과를 선택했어야 했나 아쉬움이 남기도 한다(여자 이과반이 남학생반과 더 가까웠다).

비좁고 추운 교실에서 나는 이따금 우쭐하기도 좌절하기도 슬프기도 했지만 대체로 평안했다.

처음의 가방, 처음의 친구, 처음의 선생님. 처음의 운동장, 처음의 시험 등. 수많은 처음 중에서 좋은 처음도 있었고 나쁜 처음, 서툰 처음, 아쉬운 처음도 있었다. 그 안에서 규칙과 순서, 선의의 경쟁을 배웠고 비밀을 공유하거나 의리를 지키기 위해 애썼다. 부족해서 오히려 나눌 수 있던 시절이었다.

그렇게 학교에서 12번의 사계절을 보내며 키는 50센티미터, 몸무게는 30킬로그램 이상을 불렸고 그 누구보다 튼실한 모습으로 교문을 나섰다. 인생을 통틀어 남과 가장 큰 교집합의 추억을 가지는 시기, 학창 시절은 조용히 나의 시간과 함께 흘러갔다.

무심히 흘렀던 학교에서의 시간 속에서도 지워지지 않은 어떤 선명한 장면이 있다.

선생님은 그날 무슨 일인지 몹시 화가 나 있었다. 까만 피부에 눈이 크고 진했던 같은 반 남자 친구가 뭔가를 잘못했던 것도 같다. 그날 그 아이는 선생님의 분노를 온몸으로 받아냈다. 맨 앞줄에 앉았던 나는 그날의 장면을 슬로우 비디오 장면처럼, 40년이 지난 지금도 정확하게 기억한다. 뭔가를 해야 할 것 같았지만 무서웠고 국민학교 5학년인 나도 그 아이도, 반 친구 그 누구도 아무것도 하지 못했다.

그 후로도 학교에서는 크고 작은 체벌이 있었다. 몸집이 커갈수록 그랬다. 떠들었다고, 늦었다고, 시험 성적이 좋지 않다고, 야간 자율학습을 빼먹었다고 따귀도 맞고 엉덩이, 발, 손, 가슴, 머리도 맞았다. 이해될 만한 당위는 없었지만 그 누구도 그러면 안 된다고 말하지 않았다.

(학교)

그러나 그런 시절이었다고 쉽게 말할 수 있는 건 제3자일 때다. 큰 눈을 가진 선했던 남자 아이는 학교를 나올 수 없을 만큼 많이 아팠고 지금도 어디선가 아플 것이다. 입시를 앞둔 고3의 가을, 선생님의 얼토당토않은 비교와 차별에 상처받은 나는 대들었고 맞았고 아팠다. 비좁고 추운 학교에서 뛰쳐나가고 싶었지만 그러지 못했다.

어느 집단에서처럼 학교에도 좋은 사람, 그저 그런 사람, 좋지 않은 사람이 당연한 비율로 존재했다. 반 아이들의 이름을 하루에 한 번은 부르겠다며 애쓰시던 담임 선생님, 우리 안의 반짝이는 별을 찾으라고 말해주시던 국어 선생님, 똑똑하고 현명하고 주체적인 삶을 살라고 당부하시던 독어 선생님 등, 그 모든 선생님을 조금씩 기억한다.

기억의 왜곡이 있겠지만 그들은 스승이고 어른이었다. '가르침'이 절대적인 영향력을 가졌던 시절, 좋은 선생님은 나쁜 경험을 희석시켰다. 아무 일 없다는 듯 졸업할 수 있었던 이유고 나의 '학교'가 크고 작은 불의와 부당, 불합리에도 대체로 평온하고 안온하게 기억되는 이유다.

집 주변에 초등학교, 중학교, 고등학교가 있다. 길가 면의 고등학교를 중심으로 양쪽에 초등학교와 중학교가 'ㄷ' 자 형태로 연결되어 있어 어느 방향으로 가도 어렵지 않게 학생들을 마주친다. 조금 더 걸어가면 초등학교 두 곳, 중학교 두 곳, 고등학교 두 곳이 더 있으니 학생 부자인 동네다.

지금의 동네에서 20년 가까이 살았으니 자기 몸보다 큰 가방을 짊어지고 분식집으로 몰려가던 초등생의 얼굴에 어느새 여드름이 피는 것도 보았고, 책에 두들겨 맞은 얼굴로 늦은 밤에 귀가하던 고등학생이 대학생이 되어 이성 친구와 데이트를 하는 모습도 목격했다. 그리고 어엿한 어른이 된 그들이 양복을 차려입고 출근하는 것도 보았다. 그런 모습을 볼 때면 내가 키운 것도 아닌데 덜컥 안아 주고 싶을 만큼 대견한 마음이 든다. 나의 학창 시절은 길고 지루했는데 아이들은 성큼성큼 시간을 잘도 건넌다.

나는 이제 학부모가 되어 학교에 간다.

학교는 더 이상 절대 우위의 권위를 가지지 않으며 가르침 역시 절대적인 영향력을 행사하지 못한다. 학생들은 규칙과 순서를 지키지 않고 친구들과의 비밀도 공유하지 않으며 의리가 무엇인지도 정의할 수 없게 되었다. 아이의 학교는 넓고 따뜻해졌는데 좁고 춥던 나의 학교보다 시리다.

지인의 아이가 학교가 너무 재미없어서, 아니, 자신을 아는 척하는 친구가 없어서 학교를 그만두었다고 한다. 이웃의 아이도 법정으로 이수해야 하는 수업 일수 이외에는 학교에 나가지 않는다고 한다.

동네를 빙 두르고 있는 학교 앞을 지나며 까치발을 뛰어 높은 담장 너머를 기웃거린다. 이 학교 안에서 우리 집, 그리고 이웃집의 아이들이 어떤 시간을 보내고 있을지 궁금하다.

학부모 시험감독의 날, 그 담장을 넘어 교실에 들어설 수 있었다. 교실 뒤에 서서 아이들이 남의 시험지를 곁눈질하는지 살피고 시험 중 용변이 급한 아이들을 데리고 화장실에 가는 것이 학부모 시험감독의 역할이었다.

70명이 빼곡히 앉았던 교실에 겨우 스무 명 남짓의 아이들이 앉아 있었다. 서로 멀찍이 떨어져 앉아 있지만 아이들 모두 교복에 시커먼 웃옷을 입고 있어 커다란 한 덩어리처럼 보였다. 어쨌거나 다른 친구의 시험지를 기웃하기는 불가능해 보였다.

시험 종이 울리고 담당 선생님은 자신이 아이들의 시험지에 확인 도장을 찍으러 돌아다니는 동안 교실 앞에서 잠시 감독을 해달라고 요청했다. 살금살금 걸어 교탁 앞에 서는데 오호라. 시꺼멓던 한 덩어리가 갑자기 분명한 형체를 가진 스무 개로 낱낱이 흩어졌다. 흑백 화면이 컬러 화면으로 바뀌었다. 앞에서 바라본 아이들은 조급한 얼굴, 한숨 쉬는 얼굴, 무표정한 얼굴, 친구 엄마인 나를 아는 척하며 눈인사하는 얼굴까지, 색과 모양이 각양각색인 젤리나 사탕 같았다. 뒷모습으로는 알 수 없는 것들이 아이들의 얼굴에 담겨 있었다.

시험이 끝나는 종소리가 울리자 서로 답을 묻거나 망했다고 소리치거나, 뜻을 알 수 없는 욕을 하며 장난치는 모습까지, 오늘의 교실은 40년 전의 나의 교실과 크게 다르지 않았다.

시험 2교시. 선생님이 들어서자 나무통처럼 앉아 있던 아이들이 갑자기 몸을 꼬고 어깨를 흔들며 어리광을 피웠다.

"아, 선생니임~."

"쉿, 얘들아. 그래그래, 최선을 다해서 봐. 그럼 잘 볼 거야."

나와 정면에 서 있어서 표정이 확연하게 드러났던 단발머리 선생님은 시험시간 내내 아이들을 막 태어난 갓난아이 보듯 쳐다봤다. 답안지 교체를 요청하는 아이에게도 수정테이프를 요청하는 아이에게도 시간이 있으니 서두르지 말라고 다독였다.

아, 어쩌면 나의 아이도 서로 닿을 수 없을 만큼 넓어진 이 교실에서 나쁜 경험을 희석시켜줄 좋은 기억 몇 개쯤은 가질 수도 있겠다.

'향기롭고 따뜻한 기운이 느껴졌는데, 바로 너희들이 오는 날이었구나.'

어느 고등학교 정문에 걸렸다는 입학식 문구처럼 어쩌면 나의 아이들도 먼 훗날 학교에서의 시간을 향기롭고 따뜻하게 기억할 수 있겠다. 그래, 그럴 수도 있겠다.

11

(**마트, 시장**)

사는 건 결국
'사는' 일이다

창고형 할인 마트에 들어서면 심장이 파리 날개처럼 파르르 떨린다. 마트나 시장에서는 볼 수 없는 수입 식료품이나 현장 조리 음식에 넋을 잃고 카트에 담았다가, '이걸 언제 다 먹나, 이게 다 얼마인가' 싶어 제자리에 가져다 놓기를 반복하니 손과 다리도 쉴 틈이 없다. '싸다. 사놓아야지!', '아니야, 당장 필요 없어. 결국 버리고 말거야'의 다툼이 마음속에서 이 골대, 저 골대를 왔다 갔다 한다.

'1+1'이나 '9,900원'에도 버티던 뚝심은 온데간데없고 계산대 앞에 서면 생각지도 못한 놀라운 금액에 머리가 아득해진다. 장을 본 것뿐인데, 한바탕 싸움을 한 것처럼 온몸이 절인 무 신세다. 그 깟 통조림에, 치즈에, 달걀에, 우동과 치약, 영양제에 매번 무릎을 꿇는다.

마트를 나오며 깨닫는다. 그래, 유혹을 없애는 방법은 그 유혹에 굴복하는 거구나. 결국 이렇게 가득 담고 나올걸, 뭘 그리 발버둥 친 건가. 가벼이 패배를 인정하면 될 것을.

그런데 이상한 건, 냉장고에 자리가 없을 만큼 물건들을 빼곡히 들여놓고도 끼니때가 되면 뭐가 또 그리 없는지, 알다가도 모르겠다. 아침에는 시장에서 채소와 과일을 사고 낮에는 반값 할인 문자에 마트로 달려가고 온라인 창고 대방출 문자에 정신없이 주문서를 누르는데 왜 결정적인 순간, 늘 '뭔가'가 없는 건가. 쿠폰, 회원 우대, 시간대별 할인, 포인트, 제휴 할인, 1+1, 공동구매 등 모든 것을 꼼꼼히 따져 물건을 사는 이웃도 가끔 우리 집 문을 두드린다.

"언니, 새우젓 없어요? 새우젓이 뚝 떨어졌어요."

배달도 되지 않은 그때 그 시절, 엄마는 오후가 되면 11번 버스 종점 길 건너 시장에서 어깨와 팔이 빠지게 장을 보고 돌아왔다. 엄마는 식재료를 가득 담은 짐을 홀로 지고 들었다. 그러고도 저녁을 준비하며 "파가 떨어졌다. 누가 파 좀 사올래?"라고 TV 앞에 앉은 딸들에게 소리쳤다. 그러면 자매 중 누군가가 과자도 팔고 과일과 야채도 팔던, 연탄집 맞은편 슈퍼마켓으로 달려가 파 한 단과 심부름 값으로 과자 한 봉지를 사 들고 왔다.

TV만화영화가 시작하면 문밖에서는 여지없이 종소리가 울렸다. 두부나 달걀, 콩나물을 리어카에 싣고 돌아다니는 '두부 아저씨'다. 문 앞에 나가 "두부 한 모요" 하면 두부 한 판의 경계선을 칼로 쓱 잘라주고 "콩나물이요" 하면 손으로 대충 어림하고 덤으로 한주먹만치를 더 넣어주었다.

학교에서 집으로 돌아왔을 때 늘 있던 엄마가 없는 날이 종종 있었다. 그런 날 엄마를 찾으러 가면 옆집에 엄마를 포함해 윗집, 아랫집, 옆집 아줌마들이 산적의 꼬치처럼 주르륵 마루에 누워 있었다. 처음 보는, 화장 진한 아주머니는 보냉 가방에서 '구르무'를 꺼내 엄마들의 얼굴에 철퍼덕 바르고 문질러댔다. 그러고 나서 '윙' 소리를 내는 기계를 꺼내 이마와 볼, 턱을 돌아가며 마사지했다.

그렇게 한참 '서비스'를 받은 동네 아줌마들은 새 구르무를 이리저리 살피다가 한두 개씩 들고 각자의 집으로 돌아갔다. 화장 진한 아주머니는 다음에는 알로에나 클로렐라를, 그다음에는 타파웨어 같은 주방용품을 들고 왔다. 〈알라딘〉 속 지니의 램프처럼 보냉 가방에서는 뭔가가 자꾸 나왔다. 아주머니가 들고 온 물건들은 엄마를 홀리기에 충분했다. 엄마는 할부로도 사고 외상으로도 사고 한두 개씩 덤으로도 얻어 왔다.

하루는 엄마가 흥분해서 소리쳤다.

"소쿠리를 개업선물로 준다고 해서 갔는데 없는 게 없어. 여러 가게가 한 빌딩에 다 있어. 얼마나 편한지 몰라."

호기심이 든 나는 하굣길에 친구들과 그곳에 들렀다. 엄마의 말대로 옷집, 이불집, 그릇집, 전자제품점, 화장품 가게, 문구점 등 일상에 필요한 모든 가게와 물건이 자리를 채우고 있었다. 눈 구경만으로도 신이 났다. 원스톱으로 물건을 살 수 있는 복합 쇼핑몰이 드디어 수유리에 문을 연 것이다. 이후 보냉 가방을 든 아주머니의 방문은 다소 뜸해졌다.

그 시절의 엄마는 시장에도 가고 이웃집에도 가고 문밖에서 리어카를 기다리기도 하고 동네 슈퍼에도 가고 복합 쇼핑몰에도 가고, 온종일 바빴다.

✦✦✦

나 역시, 일주일에 두세 번은 시장에 간다.

이른 아침, 동네의 골목시장은 늘 분주하다. 상인들은 천막을 걷어 젖히고 물건을 꺼내놓거나 가게 앞에 앉아 음식 재료를 다듬고 당일 판매할 음식을 삶거나 끓인다. 과일 가게의 청년들도 바나나,

● 　드라마 〈응답하라 1988〉에도 나온 바 있는 쌍산슈퍼다.

　　　　　　　　　　　　　　　　　(마트, 시장)

감, 사과, 토마토를 보기 좋게 쌓는다.

"어머님, 아니 누님. 오늘 딸기 좋아. 딸기 들여가요."

누나 소리에 딸기도 사고 계획에 없던 토마토도 담는다. 시장은 마트만큼 품질이 좋지는 않지만 농 섞는 재미도 있고 거대한 포장 용기를 뜯어서 버려야 하는 부담감이 없어서도 좋다.

반찬가게에는 콩잎조림, 오이소박이, 오징어무침, 계란말이 같은 반찬들이 즐비하고 야채 가게에는 모양만으로는 그 이름을 알 수 없는 나물들이 빨간색 대야와 쌀 포대에 가득 담겨 있다. 종이박스 날개를 아무렇게나 뜯어 유성펜으로 적은 상품 가격표를 보며 '아, 이게 비름나물이구나. 이건 방풍나물이네, 곰취나물과 머위나물이 이렇게 생겼구나' 하며 눈으로 식재료를 익힌다. 종이 박스 가격표는 많은 종류의 생선, 나물, 고기를 어떻게 불러야 할지 모르는 무식쟁이들에게 QR코드나 RFID(무선 인식)보다 더 반가운 친절이다.

채소, 과일, 고기, 두부, 떡, 도넛 등을 하나씩 담다 보면 이고 지고 메고, 돌아오는 길이 고역이다. 대문 밖에서 술래잡기를 하며 놀다가 시장에서 돌아오는 엄마의 장바구니를 받던 기억이 난다.

"뭘 이렇게 많이 샀어. 나랑 같이 가자고 하지."

자신의 몸보다 더 큰 장바구니를 짊어지고 오는 엄마가 이해되지 않았는데, 지금 나의 장바구니를 보며 아이들이 그런다.

"카트를 끌고 가지, 왜 이렇게 무식하게 메고 와. 어깨 나가게."

덜덜거리는 카트 소리도 듣기 싫고 에코백 하나에 여유 있게

담을 품목들을 계획하고 출발하지만 매번 예상치를 뛰어넘어서 그렇다. 한가득 장을 보면 양이 많은 것은 둘로 나눠 이웃집의 문고리에 걸어두고 오는 사치를 부릴 수 있고, 시장 입구 다방에서 무거운 가방을 내려놓고 달고나 커피 한 잔을 마시면, 그게 또 그렇게 맛이 좋을 수가 없다.

요즘 시장은 힙한 다방, 타로 점집, 미용실, 애완용품 할인매장까지 원스톱 서비스 이용이 가능한 핫플레이스가 되었다. 능숙하게 물건을 사는 청년들과 외국인도 눈에 띈다.

"쪼~금 더 주십~시다."

금발 머리 외국인의 흥정에 돼지 갈비집 아저씨는 양념갈비를 담다가 신기한 듯 얼굴 한번 쳐다보고, 말 한번 더 걸어보고 기특한 표정으로 한 웅큼을 더 담는다. "깎아주세요"보다 "조금만 더 주세요"가 낫다는 걸 아는 걸 보니 한국생활 생초보는 아닌 것 같다.

시장에서 엄마에게 호되게 혼난 기억이 떠오른다.

"엄마, 우리는 물건을 사고 이 할머니는 물건을 파는데, 우리가 더 부자인데 왜 자꾸 더 달라고 하고 깎아달라고 해! 엄마는 나빠."

시장 한복판에서 엄마에게 소리 지르고 잽싸게 도망을 가다가 엄마의 묵직한 동전 지갑에 머리통을 맞고 반 기절 상태가 되었다. 흥정의 메커니즘을 몰랐던 나는 엄마를 나쁜 사람 취급했다. "깎아주세요"와 "조금만 더 주세요"가 모두 가격 안에 있다는 사실을 그

123

때는 몰랐다.

　회사 근처 남대문 시장에서의 일도 생각난다. 무슨 물건이었는지 기억나지 않지만, 예전 엄마처럼 대뜸 "깎아주세요"라고 했는데 주인아저씨는 "아니 아가씨, 요즘 시장이 어떤 데인데. 깎아달래. 요새는 다 정찰제야. 몰라?"라며 언짢은 표정을 지었다.

　어린 시절, 엄마에게 소리 지르던 나의 마음이 생각나 흥정을 포기하고 돌아서려는데 같이 간 상냥한 회사 후배가 나의 팔을 끌며 아저씨에게 말했다.

　"아, 아저씨~ 왜용. 깎아주세요~ 저희 많이 샀잖아요. 여기 엄청 많이 준다고 소문낼게요."

　후배의 말에 불과 몇 분 전에 정찰제라며 단호한 표정을 짓던 아저씨는 세상 밝은 표정을 지으며 깎아주고 덤으로 몇 개를 더 넣어 줬다.

　"아, 아저씨, 아까는 정찰제라고."

　"응, 아까는 정찰제였는데 지금은 아니야."

　물건 값은 상인의 마음이고 구매자의 재주에 따라 달라진다는 걸, 그때의 나는 이해하지 못했다.

　친구를 보러 대구에 간 날, 서문시장을 찾았다. 서문시장은 조선

시대에 평양장, 강경장과 함께 전국 3대 장터 중 한 곳이었다는데 지금도 그 규모가 어마어마했다. 가게만 5천여 곳, 상인은 2만여 명이라고 했다. 개장 초기에는 주단, 포목 등 원단을 전문으로 했지만 지금은 없는 게 없다. 들어갈 수는 있지만 출구를 찾기 힘든 미로 같다.

이른 아침에 서울에서 출발해서인지 허기가 밀려왔다. 친구들과 시장 중앙에 앉아 칼국수와 비빔밥을 먹는데 캡사이신이라고는 없어 보이는 달달한 오이고추가 무한정 제공된다. 만두소가 있는 건지 없는 건지, 인도 음식인 '난'같이 생긴 납작만두는 생긴 것과 다르게 어찌나 고소하고 감칠맛이 나는지. 한낮인데도 줄을 서서 먹는 이유가 있었다. 그 두 가지 음식만으로도 서문시장이 썩 좋아졌다.

배를 채우고 가게 사이를 돌아다니는데 시장 점포의 배치가 특이했다. 음식점 옆에 옷가게가 있고 그 옆에 생선가게가 있고 또 그 옆에 한약 가게가 있다. 맥락 없는 점포 배치에 저 예쁜 옷들에 생선, 한약, 음식 냄새가 배면 어찌나 걱정스러웠다.

"뭐, 그럴 수도 있겠지만 이 큰 시장에 동일 업종이 몰려 있는 것보다 한 구역에서 필요한 물건을 한꺼번에 사는 게 더 편하지 않을까." 친구의 짧은 설명인데, 수백 년 시장을 번성시켜 온 상인들의 노하우를 짧은 시간에 평가하려 하다니. 성급하고 어리석었다.

"요즘 시장은 다 정찰제이긴 한데 어떤 건 마트보다 더 비싸. 가게별로 가격이 달라서 잘 골라야 해. 난 잘 모를 때는 어르신들이 몰려 있는 곳으로 가. 그런 데가 아무래도 품질이 좀 나은 것 같아."

(마트, 시장)

친구는 정확한 구매 노하우가 쌓이기 전까지는 경험 많은 구매자의 행태를 분석하고 따르는 것이 자신만의 법칙이라고 했다.

역시, 우리 동네 시장과는 '사이즈'가 다른 이곳 시장을 드나드는 친구의 판단력과 노하우는 나와는 '사이즈'가 다른 것 같다. 사는 건 '사는' 일이고 이 거대한 시장에서 그 거대한 '삶'을 엿볼 수 있으니 왜 안 그렇겠는가.

✦✦✦

작은아이와 천 원짜리 물건을 판매하며 유명해진 할인점에 들렀다. 문구, 잡화, 세제, 공구, 철물까지 없는 게 없는 곳이다. 가벼운 마음으로 따라갔다가 생각보다 무거워져서 나온다. 아이 쇼핑, 윈도우 쇼핑은 백화점이나 고급 명품숍에만 쓰이는 말인 줄 알았는데 요즘은 천원숍이 그렇다. '설마 이런 건 없겠지' 생각하고 문의하면 어디선가 튀어나오는 것도 신기하다. 가성비도, 실패비용도 저렴하니 작은아이가 왜 그렇게 밥 먹듯 드나드는지 이해가 간다. 아이는 한참을 둘러보다 천 원짜리 몇 개의 물건을 구매하기로 결정했다.

"사고 싶은 거 샀으니 이제 엄마랑 시장 같이 가자."

혼자서 한 짐 지고 오는 것도 힘들고 기왕 나선 길에 비빔밥과 칼국수도 먹고 방풍나물도 가르쳐주고 우럭도 보여주고 발길을 붙잡는 과일 가게 청년들의 장사수완도 보여주고 싶어 시장으로 끌고

갔지만 아이는 할인점에서와 달리 내내 기분이 가라앉아 있다.

급기야 작은아이는 "아, 엄마. 쫌!" 하고 소리를 질렀다. 거북목을 고쳐보겠다고 함께 다닐 때마다 등짝을 때리며 어깨 펴고 걸으라고 잔소리를 해댔더니 결국 떡집 앞에서 터지고 만 것이다.

지금의 나처럼 엄마는 안짱다리로 걷는 딸의 걸음걸이를 고쳐보겠다고 나를 데리고 일자 블록이 있는 11번 종점을 돌아서 시장을 오가곤 했다. 엄마가 시장에서 동전 지갑으로 나의 머리를 세차게 때린 날, 돌아오는 길에 나는 일자 걷기를 하지 않아도 되었다. 대신 엄마가 사준 달고나를 아주 맛있게 먹었다.

엄마는 아이 넷 먹을거리를 해대느라 등골이 휘는데 어린 딸의 '나쁜 엄마' 소리에 간신히 묶어두었던 마음이 폭발해 너의 머리통에 화풀이한 거라고, 미안하다고 한참이 지나 말해주었다.

어쨌거나 나는 결국 일자 걷기에 성공했는데 어찌 된 건지 지금은 팔자걸음이다.

"아, 미안 미안. 엄마가 미안! 이제 잔소리 그만할게. 대신, 달고나 먹을래?"

달고나로 서러운 마음을 달랬던 그때의 엄마와 나처럼. 나와 작은아이의 마음도 설탕처럼 휘휘 녹아내리기를.

#12

(홈쇼핑, 온라인 쇼핑)

할인의 유혹은
달콤하지만
그 끝은 쓰다

"고객님. 이건 대박이에요. 오늘 완판됩니다. 수량이 지금 얼마 남지 않았어요. 서두르세요."

필요한 물건도 아니고 관심을 두던 제품도 아닌데 쇼호스트의 이런 멘트가 흘러나오면 마음이 갑자기 멍해진다. 좋은 물건이니 사람들이 몰리는 것일 테고 나도 그 경쟁에 이름을 올려야 하는 거 아닌가. 마음이 다급해진다.

TV를 틀면 한 채널 걸러 한 채널이 홈쇼핑일 정도로 그 수가 많아진 데다 일반채널과 채널 사이사이에 절묘하게 섞여 있어 피해

가기도 힘들다. 사람들이 물건을 구매할 때 이런 것까지 고려하나 싶을 정도로 제품의 기능, 재질, 비율, 마무리 등을 콕 짚어주고 할부와 할인 조건, 최종금액을 일별로 계산해 알려주니 필요 없는 물건에도 귀가 솔깃해진다. 매일 천 원도 안 되는 돈으로 번듯한 카펫을 살 수 있다고, 새 프라이팬 세트를 장만할 수 있다고 소리친다. 결국 애플리케이션을 깔고 주문 버튼에 손을 올리고 만다.

"좋은 카펫은 수백만 원에서부터 수천만 원까지 얼마나 다양해요. 오늘은 단돈 월 2만 6천 원으로 집 안의 인테리어 전부를 바꾸는 효과를 얻을 수 있습니다. 바로 피카소와 달리를 낳은 그 스페인에서 직조한 명품 카펫, 시간이 얼마 남지 않았습니다. 다음에는 수량이 없거나 앞자리 숫자가 바뀐…."

방송 종료 3분을 남겨두고 주문 버튼을 눌렀다. 뭔가 큰일을 해낸 것 같은 성취감이 밀려온다. 그러길 몇 번, 좋은 조건에 산 필요한 물건들과 좀 더 고민했더라면 사지 않았을 물건들이 섞여 집안에 쌓이기 시작했다. 사용 횟수가 떨어지는 물건도 '언제고 필요할' 물건이고 '좋은 물건을 싸게 샀다'는 최면을 거느라 버리지 못한다. 구매 버튼을 누를 때의 전투력과 달리 아무렇게나 자리하고 있는 물건을 볼 때마다 피로감과 패배감이 올라온다.

이제 채널을 돌리다 홈쇼핑에서 "고객님, 이건 대박이에요"라는 소리가 들리면 후다닥 다음 채널로 이동한다.

"나는 그 단계를 넘어섰지. 지금은 재밌어서 봐. 어쩜 그렇게

(홈쇼핑, 온라인 쇼핑)

말들을 잘하는지. 옷이면 옷, 안마기면 안마기, 갈비면 갈비, 내가 몰랐던 사실을 알게 된다니까. 너, 본갈비, 꽃갈비, 참갈비의 차이가 뭔지 알아? 난 홈쇼핑에서 배웠어."

친구는 홈쇼핑 채널을 무서워하지 않고 즐겁게 시청한다고 했다.

다단계 판매, 보험 가입 권유에도 꿈쩍 않는, 꽤 두꺼운 귀를 가졌다고 생각했다. 무슨 일에든 의심의 눈초리를 거두지 않고 무조건의 선의는 믿지 않았다. 고민이 복잡하고 길어지면 차라리 결정을 미루는 편이었다. 그런데 광고 문구를 소비자 단체나 국가에서 받은 인증 마크처럼 여기는 남자들과 한집에 살다 보니 귀도 얇아지고 '필요'보다는 '기분'에 따라 구매를 결정하는 일이 잦아졌다.

물론, 홈쇼핑은 잘못이 없다. 좋은 물건을 선정해 디테일한 부분까지 설명해주고 좋은 가격조건을 제공하는 것이 무슨 잘못이겠는가. 게다가 써보고 반품을 해도 된다는데. 이보다 큰 소비 권리가 있을까.

아침에 일어나 커피 한 잔을 손에 들고 신문을 펴면 '띵동' 하고 문자들이 쏟아진다. 참외를 최저가로 판다고, 여름 파자마를 준비할 적기라고, 워터 파크를 공동 구매할 수 있다고, 시계 그림까지 함께 보내온다. 사지 않으면, (사지도 않았는데) 손해를 볼 것 같다.

일정 시간대에만 쓸 수 있는 쿠폰이 날아오면 양파 썰던 손을 멈추고, 빨래를 널다가, 청소를 하다가 젖은 손으로 장바구니에 물건을 담는다. 어떻게 내가 지금 필요로 하는 물건을 알고 있는 거지?

홈쇼핑을 모바일로 옮겨온 라이브 커머스 방송은 마트의 타임세일처럼 할인 폭이 큰 데다 동시 접속자들의 수가 어마어마하게 늘어가는 게 보여서 동참의 유혹을 버리기 쉽지 않다. 뭔가 한배를 탄 것 같은 동지 의식도 생긴다.

홍익인간弘益人間의 마음으로 세일 소식을 이리저리 지인들에게 전송했는데 어라, 다른 문자가 날아와 열어보면 같은 물건을 더 저렴하고 더 좋은 조건으로 팔고 있다. 달뜬 마음이 곤두박질치며 피폐해진다. 호구가 된 것 같다.

똑똑하지 않은 나는 똑똑하고 야무진 기업들이 깔아놓은 덫에 빠져서 매번 뒤통수를 잡는다. 얼굴 없는 판매자들은 웃는 얼굴로 지치지도 않고 찾아온다. 화를 내는 법 없이, 질리는 법 없이 속삭이고 또 속삭인다. '이거 사'라고.

"그거 다 내 정보 값이야. 이름, 주소, 전화번호, 생년월일, 가족 사항, 기념일까지 남겨야 하잖아. 사은품도 결코 공짜가 아니야."

지인은 물건도 직접 눈으로 봐야 구매하고 SNS도 하지 않으

며 주로 현금을 사용한다. 신용카드 결제는 외상 같아서 싫고 문자
는 몰라도 실시간 메신저 서비스는 타인이 24시간 옆에 따라다니는
것 같아서 싫다고 했다. 공과금 자동이체도 걸어두지 않는다. 기왕
카드를 만들 거면, 기왕 휴대폰을 바꿀 거면, 기왕 살 거면 사은품이
라도 더 받는 게 낫지 않냐고 해도 흔들림 없이 딱 필요할 때, 필요한
것만 구매한다.

'정보이용에 동의하지 않으면 애플리케이션을 사용할 수 없
다', '모든 정부제공에 동의를 누르지 않으면 결제가 되지 않는다'
는 알림을 읽으며 마음이 찜찜해서 멈칫했던 적이 여러 번 있기는
했다.

아니나 다를까, 요즘은 부쩍 이상야릇한 문자들이 날라 온다.

'형님. 이번에 준비한 것이 많습니다. 입장만 해주십시오.'

코인, 부동산, 도박, 채팅 등 종류도 다양하고 내용도 위로, 격
려, 정보제공 등으로 다채로워서 스미싱(문자 메시지sms와 피싱Phishing의
합성어)인지 아닌지 한두 문장 정도는 읽어야 구분이 간다.

돌이켜보면 나는 스스로 '개인정보를 무료로 국외로 이전하고
제3자에게 제공하는 데 동의'했다. '모두(전체) 동의'를 습관적으로
하고, 그렇게 계약이 이루어진 게 한두 가지가 아니니 하루에도 몇
건씩 오는 문자가 이상할 것도 없다. 악용惡用에 동의한 적은 없지만
둑의 갈라진 틈새로 쏟아지는 강물을 손으로 막을 수는 없는 일이
다. 일일이 삭제하고 차단하지만 범칙금 문자에, 쿠폰 문자에, 카드

개설 문자에 언제고 정신을 놓고 클릭할지 모른다.

얼마 전 지인의 친구는 그렇게 스미싱을 당했고 은행에 계좌 정지를 요청했는데 살면서 그렇게 많은 통장을 개설했는지 몰랐다고 했다. 예금이자를 좀 더 준다고 해서, 실적 올리는 데 도움을 달라고 해서 만들었던 계좌가 모두 범죄에 이용되었다는 것이다. 결국 주민등록번호까지 변경했다고 한다.

우리는 일상을 살면서 도대체 무엇을 남기고 있는 걸까? 얼마나 많은 곳에 어떤 흔적을 남기는 걸까? 왜 그 흔적은 범죄의 먹이가 되는 걸까?

"우리는 이미 사람이 아니라 기업들이 가둬놓고 키우는 데이터 가축들이야●. 우리가 정보를 다루며 소비를 '선택'한다고 생각하지만, 거대 플랫폼에 갇혀 해시태그(#)에 낚이는 존재, 먹이에 지나지 않지. 그냥 유도당하는 거지. 스스로 지키는 수밖에 없어."

지인의 주장인데, 틀린 말도 아니다. 무엇을 찾아본 흔적이 조금만 남아도 기사를 읽는 도중에 관련 상품이 우르르 쏟아져 원하는 정보까지 가려면 'X(창닫기)'의 허들을 넘어야 한다. 음악, 운동, 여행, 라디오, 음식 주문 애플리케이션에도 수많은 광고가 지뢰밭처럼 박혀있고 터치할 때마다 '대박인 물건들'이 튀어나온다. 할인 쿠폰 발송에도 구매하지 않으면 기간 연장에, 더 큰 할인 쿠폰을 보내와

● 재독 철학자 한병철이 쓴 《정보의 지배》(김영사, 2023)에 나오는 개념으로, 디지털 정보 체제가 인간을 데이터 가축으로 사육한다는 것이다.

(홈쇼핑, 온라인 쇼핑)

결국 소비를 이끄니 만나달라고 떼쓰고 추근대다가 스토커로 변하는 위험한 인물 같다.

철저하게 계획된 알고리즘에 유도당하면서도 무슨 영적인 존재에 이끌려가는 것처럼, '내가 원래 그것을 좋아했구나' 착각하며 영상을 보고 물건을 사고 또 습관처럼 물건을 사고 영상을 본다. 언젠가 어디엔가 스스로 남긴 자신의 습관, 선호, 취향 등이 그렇게 되돌아온 것뿐인데 말이다.

지인은 2G폰을 쓰는데 코로나 때 QR코드 인증에 어려움을 겪고도 스마트폰으로 바꾸지 않았다. 기업들, 아니 공공기관조차도 이 고집스러운 소비자를 가축으로 만드는 데 실패한 것 같고 앞으로도 그 가능성은 낮아 보인다. 동시에 사기, 범죄 조직들도 꽁꽁 숨어 있는 지인을 찾아내기는 힘들겠다. 쓰고 보니 독립투사와 비슷한 점이 없지 않다.

자신의 정보를 지키기 위해 온 노력을 다하는 지인처럼은 하지 못하겠지만 무엇을 클릭하기 전, 한번은 더 생각해봐야겠다. 나의 정보를 가져갈 이 클릭이 그걸 넘어설 만큼의 가치가 있는지, 돈도 지불하고, 정보도 주는 진짜 호구가 되는 건 아닌지 말이다. 적어도 '사는 일'이 나의 정보를 허투루 '파는' 행위로 부메랑이 되어 돌아오지 않게 해야 한다. 아무 생각 없이 파도에 휩쓸려 가는 나에게 지인이 무심히 던져준 밧줄을 단단히 잡고 있어야겠다.

✦✦✦

"가족들만 알 수 있는 암호를 만드세요. 그 방법밖에는 없습니다."

TV에서는 딥페이크, 딥보이스 기술이 범죄에 이용되는 프로세스를 보여주었다. 특정인의 얼굴과 목소리를 똑같이 재현해내는 데 단 2~3분밖에 걸리지 않았다. 실험참가자 대신 나를 대비해 넣으니 영락없이 피해자가 될 거라는 확신이 든다. 전문가들은 가족들만 아는 암호를 만들라고 했다.

고인이 된 가수를 AI로 살려내고 소설과 그림, 노래를 뚝딱 만들어내고 가상 인간이 노래하고 춤추는 기술에 열광하기가 무섭게 그 기술이 사기나 범죄에 이용되다니, 정말 인간의 지능과 활용 능력은 상상을 초월한다. AI의 생성, 합성 여부를 판단해 허위정보를 잡아내는 기술개발이 시급하다고 한다.

인류의 기술 발달은 과연 무엇을 위한 걸까. 창과 방패의 끝나지 않은 싸움이 과연 정반합✱의 긍정적 결과를 만들긴 할까? 적어도 '사는 일'에 겁먹지 않아도 되는 그때까지 우리는, 나는 안전할 수 있을까?

기술개발, 생산, 판매로 이어지는 가치 사슬의 마지막에 내가

● **헤겔의 변증법. 정(正)이 반(反)과의 갈등을 통해 정과 반이 모두 배제되고 합(合)으로 초월한다는 의미이다.**

(홈쇼핑, 온라인 쇼핑)

있다. 나는 기술에 무지하고 소비의 유혹에 약하며 기억력이 좋지
않다.

"엄마, 암호를 대. 암호가 뭐라고?"

작은아이가 전화해서 대뜸 암호를 묻는다.

"아. 아. 아…. 뭐, 뭐였더라? 아아아, 뭐지?"

호들갑을 떨며 가족끼리 모여 만든 암호도 바로 대지 못하는
처지에, 정보 도둑은 공룡이 되어가는데 유리 빗장으로 버틸 수 있
을지 모르겠다. 정신 바짝 차려야겠다.

#13

(화장실)

휴식의 방,
이제 안전을 갖춰야 할 때

주르륵. 결국 집 앞에서 사달이 나고 말았다. 초인종을 누르는
순간, 따뜻한 그 무언가가 다리 사이로 흘러내렸다. 창피함보다 찰
나를 이겨내지 못하고 엄마에게 청바지 빨래를 내놓은 것이 못내 죄
송스러웠다. 엄마는 뻣뻣한 청바지에 비누를 치대어 커다란 고무 대
야에 오랫동안 담가두었다.

내가 다니던 국민학교의 여자 화장실은 아래가 훤히 보이는
푸세식 화장실이었고 남자 화장실은 시멘트벽 밑에 물이 흘러갈 수
있도록 단차를 낸 것이 전부였다. 교실과 한참 떨어져 학교 뒷산 아

래에 있었지만 바람이 살랑이는 날에는 어김없이 교실까지 그 냄새가 실려 왔다. 학교 화장실에 가는 건 선생님들이 가지고 다니시던 긴 나무 막대기로 손바닥을 맞는 것보다 두려운 일이었다. 혹시나 빠지면 죽을지도 모른다는 생명의 위협까지 느껴졌다. 집 화장실도 푸세식이기는 마찬가지였지만 청결도나 위험도를 비할 바가 아니었다.

게다가 학생들 사이에서는 흉흉한 소문이 돌았다. 학교 건물을 고치는 아저씨가 화장실 근처를 어슬렁거리며 아이들을 유인, 납치한다는 것이었다. 그 소문이 너무 일관되고 구체적이어서 믿을 수밖에 없었고 하교 후에는 화장실이 급해도 갈 수가 없었다.

집에서도 겨울에는 화장실에 가는 게 고역이었다. 화장실이 대문 옆 마당에 있어 밤에는 무섭고 한겨울에는 추워서 도무지 엄두가 나질 않았다. 엄마는 동지가 되면 나쁜 기운을 물리친다며 화장실 구석에 팥죽을 뿌렸는데 추운 날씨에 굳어버려서 그게 더 무섭고 싫었다.

밤에 혼자 화장실에 갈 수 없어 곤하게 자는 자매들을 깨우다 보면 싸우기 일쑤였다. 결국 엄마는 특단의 조치로 딸들의 방에 반질반질한 요강을 넣어주었다. 엄마는 자식들이 분수에 겨워 흰소리를 할 때마다 '호강에 겨워서 요강에 똥 싼다'는 말을 했는데 그것이 얼마나 큰 호강인지 귀에 쏙쏙 박혔다. 내시와 지밀상궁이 보는 앞에서 '매우틀'●에 앉아 용변을 해결한 임금과 동급의 호사를 누린 것이다.

엄마는 아파트로 이사하며 방마다 있던 요강을 냉정히 버렸다. 고생의 흔적을, 증거를 인멸했다. 이사한 아파트는 왜 영어로 화장실이 'Rest Room'인지를 알게 해주었다. 일단, 화장실은 방, 거실, 부엌과 연결된 공간, 즉 내부에 있었다. 편안한 자세로 앉아 책을 읽을 수도, 무선 전화기로 친구와 오랫동안 수다를 떨 수도 있었다. 수도꼭지만 돌리면 따뜻한 물이 사시사철 나와서 배설, 세신이 즐거웠다. 그야말로 '휴식의 방'이었다. 화장실에서 시작하고 마무리하는 하루가 즐겁게 느껴질 정도였다.

가끔 자매들과 그런 얘기를 한 적이 있다.

"야, 아파트를 단면으로 자르면 모두가 똑같은 모습으로 화장실에 앉아 있고 똑같은 자리에서 밥을 먹는 게 너무 웃기지 않냐?"

작은 언니는 공동주택의 획일적인 구조에 문제를 제기했지만 아무렴 어떤가. 보온, 청결, 안전은 그런 구조 덕분인걸. 나팔꽃, 사루비아 한 포기 심을 마당도 없고 뛰어내리기 놀이할 장독대도 없고 혼나면 도망갈 다락이 없는 게 뭐 그리 큰 대수인가. 화장실이 실내에 있는데.

지금은 그 어느 자매들보다(화장실이 밖에 있더라도) 주택에 주거

●   왕의 변기. '매(梅)'는 대변을, '우(雨)'는 소변을 의미하여 매우틀이라 불렀다.

할 날을 꿈꾸지만, 그때는 '변소'가 아닌 'Rest Room'이 있는 아파트가 그렇게 자랑스러울 수 없었다.

여기저기 지어대는 아파트 덕에 친구들 모두 아파트로 이사를 했고 이제는 산속의 사찰이 아니면 푸세식 화장실을 보는 건 여간해서는 힘든 일이 되었다. 로마가 가장 번성했던 시절에 목욕 문화, 화장실 시설 관리에 힘썼던 것처럼 우리나라도 먹고 사는 일에 자신감이 붙자 거리의 '변소'를 'Rest Room'으로 바꾸기 시작했다. 불을 지핀 것은 1996년에 결정된 '2002 월드컵 한일 공동 개최'다. 일본과 공동 개최라니, 경기장뿐 아니라 모든 면에서 일본에 질 수 없다는 국민적 열의가 타올랐다.

1999년부터는 매년 '아름다운 화장실 대상'이 실시되었는데 어느 화장실에 들어가 앉아도 정면에 '아름다운 사람은 머문 자리도 아름답습니다.'●라는 스티커가 붙어 있었다. 고속도로 휴게소, 놀이터, 공원의 화장실에 들어갔다가 다시 돌아 나오는 일이 없어졌을 정도로 전국의 화장실은 변신을 거듭했다. 이제는 세계 여행객들이 청결한 화장실을 공짜로 쓸 수 있는 한국을 부러워한다니 이 얼마나

● 1999년에 발족한 화장실문화시민연대가 내건 슬로건이다.

극적인 반전인가.

문안의 화장실도 문밖의 화장실도 앞서거니 뒤서거니 다툼하며 기분 좋은 공간으로 변신해갔다. 그렇게 우리나라 화장실이 '아름다워'지고 있던 시절, 이탈리아로 여행을 갔다. 첫날, 우리 일행은 다소 낡고 오래된 호텔에 여장을 풀었다. 몇 시간 뒤에 있을 콜로세움 관광을 위해 대충 씻으려는데 좌변기 옆에 변기 뚜껑을 열어놓은 듯한 것이 있었다. 세면대치고는 낮고, 그렇다고 소변기라고 하기엔 뭔가 좀 어색하고, 그 용도가 사뭇 궁금했다. 간단한 속옷이나 양말을 빠는 곳인가, 발을 씻는 용도일까?

여행 중반쯤, 일행 중 한 명이 가이드에게 물었다.

"저, 가이드 선생님. 좌변기 옆에 물만 나오는 변기 모양은 뭔가요?"

"아. 그걸 설명해드리지 않았군요. 그건 유럽형 수동식 비데라는 건데요. 사용은⋯."

가이드의 답을 듣고 일부는 기절 직전의 얼굴이 되었다. 새로 짓는 아파트에나 비데가 설치될 시기여서 기계식 비데는 본 적이 있어도 유럽식 비데는 또 무엇이란 말인가. 어찌 비데가 변기를 반토막 낸 것처럼 생겼나. 나중에 들은 바, 어떤 이는 간단한 빨래를 했고 다른 이는 과일을 씻었고, 또 다른 일행은 머리를 감았다 했으니 뒷물을 하는 장치라는 가이드의 늦은 설명에 얼마나 놀랐겠는가.

(화장실)

90년대 중후반, 국내 기업이 중국에 진출하여 생산법인을 세울 때였다. 다니던 회사에서도 중국 연수생들을 초청해 교육 프로그램을 운영했는데 기숙사의 화장실 양변기가 부러져 교체하는 일이 자주 발생했다. 좀처럼 흔한 일이 아니라 누가 어떤 의도를 가지고 부수고 다니는지, 범인 색출에 공을 들였다. 결국 그 이유가 밝혀졌다. 양변기를 처음 접한 중국 연수생들이 신발을 신고 양변기에 올라가는 바람에 무게를 이기지 못하고 깨진 것이었다. 그제야 화장실 사용법을 그림으로 그려 붙이고 교육하면서 양변기가 깨지는 일을 줄일 수 있었다. 중국에 제2공장을 짓기 위해 지방 출장을 다니던 동료들이 혼비백산하며 말을 전하기도 했다.

"이 과장, 글쎄 화장실에 문이 없어. 진짜야."

동료는 옆 칸막이가 있는데 앞문이 없거나 아예 옆 칸막이나 문도 없는 곳이 많아서 볼일을 참느라 곤혹스러웠다고 했다. 어떻게 옆 칸막이가 있는데 앞에 문이 없냐고, 말도 안 되는 소리 하지 말라고, 누굴 바보로 아느냐며 눈을 흘겼지만, 그 후로도 문 없는 화장실 이야기는 중국 출장을 다녀온 사람들 사이에서 드라마 〈전설의 고향〉에 나온 "내 다리 내놔" 대사처럼 잊힐 만하면 리바이벌되었다. 지역전문가로 인도에 다녀온 다른 동료는 이런 대화 중간에 조용히 끼어들어 말했다.

"그 정도로 뭘 그래? 나는 길거리의 똥으로 축구를 했는데."

먹는 일만큼이나 볼일 보는 방식, 볼일을 대하는 방식은 나라별로 각양각색이다. 화장실은 사람들이 농작물을 키우고 정착생활을 하면서 생겨났다고 한다. 오랫동안 농경 사회였던 동양에서는 배설물을 거름으로 쓰기 위해 '모으는' 방식으로, 일찍 산업화가 진행된 서양에서는 위생적으로 '버리는' 방식으로 발전했다.

중국 화장실에 문이 없는 것은 화장실에서 혁명을 모의할 수 없도록 하기 위함이라는 말도 있고, 배설은 인간으로서 자연스러운 일이니 누구나 열린 공간에서 볼일을 해결하라는 뜻이 있다고도 한다. 인도 길거리에 대소변이 많은 이유는 소의 배설물은 귀한 것으로 생각하는 반면, 사람의 배설물은 부정한 것으로 생각해 집 안에 화장실을 만들지 않고 동네 들판이나 후미진 골목에서 볼일을 해결해서 그렇다고 한다.

푸세식 화장실, 수세식 화장실, 문 없는 화장실, 거리 배변은 변의 쓸모, '변'을 대하는 사회의 태도까지 연결된 매우 복잡한 문제이지만 양변기에 올라앉았던 중국 연수생들도 유럽식 비데에서 머리를 감았던 우리 일행도 이제는 모두 양변기와 전자 비데를 사용한다. 화장실이 나라의 문화 수준, 경제 발전을 판단하는 기준이 되자 경제력을 갖춘 국가 지도자들이 앞장서 화장실 대혁명을 이끌면서 화장실의 세계 평준화가 이루어졌다.

✦✦✦

"거기 누구 없어요? 저기요."

쾅쾅쾅! 아무리 소리쳐도, 문을 두들겨도 소용없었다. 지하에는 골프 연습장, 1층에는 사무실, 2층에는 체육센터, 3, 4층에는 스터디 카페가 있는, 조용하고 깨끗한 편에 속하는 건물이었다. 입주민들은 퇴근했을 테고 스터디카페 이용자를 기다렸지만 몇십 분이 지나도 인기척 하나 없었다.

이웃과 함께 식당에서 소주를 한두 잔 마셨고 급히 화장실에 가느라 휴대폰을 들고 나오지 못했다. 볼일을 보고 나가려는데 육중한 철제문이 움직이지 않는 것이다. 남녀 공용화장실이라 자동 도어록뿐 아니라 철제문 시건장치까지 모두 걸었는데, 꼼짝도 하지 않는다. 체감온도 35도를 육박하는데 정신을 차려보니, 아뿔싸! 창문이 없다. 실내 온도는 올라가고 숨은 더욱 가빠졌다. 아, 만약 이렇게 오랫동안 갇혀 있으면 어떻게 되는 거지? 온갖 생각이 들었지만 같이 온 이웃이 찾아주겠거니 하며 애써 안심했다. 아니나 다를까. 멀리서 이웃의 목소리가 들린다.

"저, 여기 있어요. 화장실에 갇혔어요."

쿵쿵쿵. 밖에서 열고 안에서 밀어보고, 건물 관리인까지 왔지만 문은 꼼짝도 하지 않았고 그렇게 한 시간이 훌쩍 넘어갔다. 나의 위치를 인지한 사람의 무리가 문밖에 가득했지만 결국 119가 출동

해 전기톱으로 시건장치를 자르고 나서야 탈출할 수 있었다.

기진한 상태로 화장실을 나오는데 건물 관리인의 혼잣말이 들렸다.

"이게 몇 번 말썽을 부리더니 결국 이 사달이 났군."

맙소사. 만약 이웃 없이, 휴대폰 없이 혼자 갇혔다면 어떻게 되었을지 생각만 해도 아찔했다.

뜬금없이 문 없는 중국 화장실이 떠올랐다. 청결이나 존엄성은 보장되지 않지만 포괄적인 치한에서는 나름 안전한 것 아니겠나 싶은 생각마저 들었다.

나중에 부모님을 통해 알게 된 것이지만 학교의 소문이 흉흉하던 화장실 아저씨는 납치가 아니라 여학생들을 대상으로 범죄를 저지른 것이라 했다. 사실, 엄마에게 청바지를 내놓은 그 날, 학교 운동장에서 뛰어놀다 더 이상 볼일을 참을 수 없었던 나와 친구는 학교 화장실 앞까지 갔었다. 오후반이 끝나고도 한두 시간이 지났으니 북적거리던 학교는 조용했다. 그런데 산 쪽에서 불쑥, 옅은 색 청바지를 입은 젊은 아저씨가 나타났다. 그 아저씨는 백 원짜리를 내밀며 "이거 받고 아저씨가 시키는 대로 할래?"라고 말했다.

친구와 나는 본능적으로 백 원은 조건 없는 호의가 아니라 어떤 무서운 일의 미끼임을 느꼈다. 게다가 낯선 아저씨의 눈빛은 하나도 착해 보이지 않았다. 친구와 나는 있는 힘을 다해 소리를 지르며 집까지 뛰어왔고 문 앞에서 정신을 차리니 참았던 게 주르륵~ 터진 것이다.

그날 이후 학교에서는 절대로 혼자 화장실에 가지 말라고 교육했고, 수업 시간에도 화장실은 2인 1조로 다녀왔다.

119의 출동 이후 건물 화장실은 자동 도어록만 남고 철문의 시건장치는 사라졌다. 부서진 장치를 복구할 비용이 없어서인지 또다시 발생할 오작동이 염려된 것인지는 모르겠다. 화장실은 남녀가 구분되고 그 문은 잘 잠기고 제대로 열려야 하는데. 명색이 '세계화장실 협회' 본부를 두고 있는 명실상부한 화장실 종주국인데 말이다.

그러니 이제는 건물의 가장 눈에 띄는 안전한 곳에 남녀 화장실이 각각 터를 잡고 '아름답기'만 한 것이 아니라 혼자서 가도 무섭지 않고 제대로 닫히고 열리는 '안전한' 곳으로 거듭났으면 좋겠다.

화장실이야말로 지극히 개인적이면서도 나라의 위상을 대표하는 가장 공적인 장소이니까.

14

(동물원)

각자의 영역에서
최소한의 예의를
지키며 살아요

'얼룩말이 지금 서울 시내 한복판 도로를 활보하고 있어요. 동물원에서 탈출했대요.'

단톡방에 동물원에서 탈출한 어린 얼룩말이 자동차 사이를 뛰어다니는 영상이 올라왔다.

'에이, 이거 AI로 만든 조작 영상 아니야? 서부 시대도 아니고 어떻게 말이 도로 위를 뛰어다녀? 어, 근데 여기는….'

그러는 사이, 주택가 막다른 골목에서 어디로 갈지 몰라 방황하는 얼룩말과 그런 얼룩말과 대치하는 소방대원의 영상이 꼬리를 물고 올라왔다. 멧돼지나 고라니가 농가로 침입했다는 기사는 종종 접했지만, 얼룩말의 동물원 탈출이라니.

얼룩말의 이름은 '세로'로 서울어린이대공원에 산다고 한다. 2년 전 부모를 잃었는데 밥도 잘 먹지 않고 옆집 캥거루와도 싸우며 사육사의 속을 썩이다가 급기야 가출을 감행했다는 것이다. 세로는 구급대원의 마취총과 진정제를 맞고 쓰러졌고 동물원으로 무사히 귀가했다.

영상 속 세로가 뛰어다녔던 도로는 집에서 몇 정거장 안 되는 이웃 동네다. 부모의 사망, 사춘기로 외로움을 겪다 가출한 세로의 사연은 동물원의 동물이 인형이나 박제품이 아닌 우리와 같은 생명체라는 걸 말하려는 것 같았다. 우리 동네에 사람만이 아니라 얼룩말, 코끼리, 원숭이, 뱀 등 야생의 동물이 함께 살고 있다는 사실이 새삼스러웠고 한동안 세로의 후속 소식에 신경이 쓰였다.

도시락과 수박화채, 돗자리를 한 짐 싸들고 온 가족이 동물원에 갔던 어느 날을 기억한다. 당시 동물원은 광진구 서울어린이대공원이 아니라 종로구의 창경원*에 있었다. 지금처럼 종별로 우리가 따로 있지 않고 철제 가드가 둘러친 동그랗고 큰 우리 속에 공격성 없는 여러 동물이 함께 살고 있었던 것으로 기억한다.

나는 도도한 모습의 기린이나 화려한 얼룩말을 좋아했는데 실제로 마주한 기린과 얼룩말은 생각보다 거대했다. 그들은 동화책 속 이야기의 주인공처럼 온순하지도, 우아하지도 않았다. 근처에만 가도 요란한 소리를 내고 이상한 냄새를 풍겨서 앨범에 있는 단체 사진 속에는 가족 모두가 한껏 찡그린 표정을 짓고 있다.

호랑이나 사자도 TV프로그램 〈동물의 왕국〉에서 본 것처럼 용맹스럽게 느껴지지 않았다. 게으르고 지루해 보였고 사람을 두려워하는 것도 같았다. 생각보다 '얌전한' 모습에 우리 형제자매는 실망했다.

"라이온 킹, 잠만 자지 말고 여기 좀 봐."

큰아이는 축 늘어져 있는 사자를 향해 자기를 보라고 소리쳤다. 우리 집 아이들은 동물원에 가면 어릴 때의 나와 달리 사자, 하이에나, 재규어, 표범 등 공격성이 강한 맹수와 덩치가 큰 동물에 열광했다. 성질 급한 아이가 코끼리의 배설 순간을 포착하기 위해 한참

---

* 1909년, 일제 강점기에 창경궁 안에 동·식물원을 만들면서 불렀던 이름으로, 창경궁의 격을 낮추기 위한 일제의 계략이었다. 1983년에 동·식물원을 옮기고 다시 '창경궁'으로 이름을 고쳤다.

(동물원)

을 기다리는 것도 마다치 않았고 그 덩어리가 '쿵' 하고 떨어지면 세상 떠나갈 듯 환호했다. 아이들이 물개나 바다코끼리, 아나콘다를 보면 혼을 뺏긴 것처럼 가까이 다가가는 바람에 (유리벽이 있지만) 놀라서 잽싸게 잡아 세우느라 애를 먹기도 했다.

사자, 호랑이, 코끼리, 펭귄, 여우, 곰, 공룡 등을 만화 캐릭터로 먼저 만난 아이들은 야생의 동물을 옆집의 반려동물 대하듯 했다. 밀림의 포식자가 아니라 '뽀로로'나 '푸우', '라이온 킹'을 실물로 영접한 듯 사인이라도 받을 태세였다. 하지만 맹수들은 '얌전'을 넘어 야근과 회의를 반복하다 지쳐 쓰러진 회사원이 되어 있었다. 아이들에게 '살아 있는' 동물을 보여주고 싶어 안달이 난 나만 강화유리에 붙은 설명서를 도돌이표 노래처럼 읽어댈 뿐 라이온 킹을 애타게 부르던 큰아이는 사자의 무반응에 실망하고 슬퍼했다.

세로의 탈출에 내내 마음이 쓰였던 건 용맹, 모험, 야생을 잃어버렸다고 생각한 동물이 '사실 저는 살아 있는 동물이에요'라고 답을 했기 때문이다. 자연에서 잡아 와 가두어 전시하고 교육이라는 이름으로 소비해온 미안함에, 야생성을 잃어버리자 '쳇. 네가 사자라고?'라고 적반하장으로 나오는 나의 뻔뻔함에 펄펄 끓는 물을 부은 것이다.

세로는 태어나 한 번도 초원을 달려본 적 없다는데, 동물원에서 나고 자랐다는데 왜 나는 세로의 탈출이 반갑고 응원의 마음까지

드는 것일까?

그대로 달려 어디엔가 있을 동족의 품으로 슬며시 빨려 들어가길 은근히 바랐던 것 같다.

✦✦✦

"전쟁이 나면 동물원의 동물들은 어떻게 될 것 같아?"

군 입대를 앞둔 큰아이가 서울어린이대공원 앞을 지나며 물었다.

"글쎄다. 전쟁이 났는데 동물한테 신경 쓸 정신이 있을까?"

"전쟁이 시작되면 동물원에 있는 맹수들은 전부 총살이래. 사람을 해칠 수도 있으니까."

정말? 아, 그렇겠네. 맹수들은 적군이나 아군을 구분하지 못하고 그 야생성을 드러낼 테니 모두에게 위협적인 존재가 될 테지.

로봇이 닭을 튀기고 민간 탐사선이 달나라에 가는 21세기에, 세계 곳곳에서 전쟁이 벌어지고 있다. 시리아, 예멘, 리비아에서는 내전이 계속되고 있고, 러시아와 우크라이나, 이스라엘과 팔레스타인도 장기전을 각오한 것 같다. 전쟁 중인 나라의 길거리에는 주인 없는 유기 동물들이 넘쳐나고 포탄에 맞아 죽거나 굶주린 동물끼리 서로를 잡아먹는다고 한다.

과거 우리나라도 동물에 대한 슬픈 역사가 있다. 1945년 7월, 일본은 패전의 기운이 드리우자 창경원 사육사들에게 동물들의 먹이에 독약을 타라는 지시를 내렸다.[*] 표범, 사자, 호랑이, 코끼리, 악어 등이 그렇게 독살되었는데 고통에 찬 동물들의 울부짖는 소리가 밤새 창경원 일대에 메아리쳤다고 한다. 독이 들어간 먹이를 먹은 후 괴로워 나뒹구는 사자를 차마 볼 수 없어 창으로 찔러 죽이고, 독이 든 사료를 먹지 않으려 했던 코끼리는 굶겨 죽였는데 재주를 부리면 먹이를 줄까 싶어 사육사가 지나갈 때마다 쇠약한 몸으로 재주를 부렸다는 이야기가 있다.

이쯤에서 의문이 생긴다. 우리는 왜, 언제부터, 자연에 사는 동물을 잡아 와 인간의 세계에 가둔 걸까? 가축화한 동물도 제대로 키우지 않고 유기하고, 전쟁이 나고 기근이 생기면 동물의 고통 따위 염두에 두지도 않으면서 굳이 왜 인간의 영역으로 잡아 온 것인지.

호기심에 이리저리 찾아보니 유럽의 왕과 귀족들이 자신의 권위를 보여주고 즐기기 위해 해외의 동물들을 모아 사육한 것이 그 기원이라고 한다. 세계에서 가장 오래된 오스트리아 빈의 쉔부른 동물원은 1752년, 황제였던 프란츠 1세가 자신의 부인이자 합스부르크 왕가의 군주 마리아 테레지아를 위해 설립한 황실 동물원이었고

● 　박승규 저, 《재밌어서 끝까지 읽는 한중일 동물 오디세이》, 은행나무, 2020.

마리아 테레지아는 낙타와 얼룩말, 코끼리 등을 바라보며 아침 식사를 했다고 한다.

이후 황실 동물원은 일반 시민에게 개방되었다. 시민들은 동물원을 귀족의 과시, 지배, 이기심에 의해 동물들의 자유가 침탈된 공간이라고 여기지 않았다. 귀족과 다를 것 없이 '우리도 마음대로 동물을 볼 수 있다'가 되었고 시간이 갈수록 동물원은 공공·민영 동물원, 체험식·이동식 동물원 등으로 다양화되며 오히려 더 많은 종과 수의 동물을 잡아 가두게 되었다.

동물원은 동물을 인간처럼 보이게 하는 동시에, 인간을 동물처럼 보이게 한다고 말한 알랭 드 보통 ●의 말이 좀 억지스럽다고 생각했는데 틀린 말도 아니었다.

오랜만에 친구들과 서울어린이대공원으로 향했다.

도심에서 가을 단풍을 만끽하려던 것인데 나들이객들에 휩쓸려 의도치 않게 동물원으로 발길이 닿았다. 여전히 동물원은 아이에게 화면 속 동물의 실제 모습을 보여주려는 젊은 부모와 그런 동물에게 서슴없이 다가가려는 천진한 어린이들로 가득했다.

●　《왜 나는 너를 사랑하는가》, 《불안》 등을 쓴 스위스 출신의 영국 작가.

오랜만에 만난 사자, 하이에나, 표범은 회사원이 아니라 힘들게 병마와 싸우는 환자가 되어 있었다. 야생성이 남아는 있을까 의심스러울 정도였다. 한때 세로처럼 반항도 하고 탈출도 꿈꾸었을 텐데. 지금은 빠삐용의 탈옥 모험 같은 건 꿈도 꾸지 않는, 체념의 삶을 살고 있는 동물들이 처연해 보이기까지 했다.

걷는 것조차 힘들어하는 코끼리를 보며 친구가 말했다.

"참, 우리는 '교육'이라는 글자가 붙으면 지나치게 관대해져. 아니, 무서워지지. 유리벽 저 멀리에 있는 동물을 스치듯 보는 것이 어떤 교육적 효과가 있는 거냐, 대체."

친구의 말처럼 어렸던 나도, 나의 아들도 모두 동물원에서 동물을 봤지만 그들의 감각, 용맹, 야생성을 관찰하고 탐구했다기보다는 '한번 봤다'가 전부였고 힘없고 나른한 동물의 모습에 실망하고 그들의 무반응에 슬퍼했었다.

초원을 뛰노는 건강한 동물을 포획해 감금, 전시하는 것보다 어떠한 이유로 죽음에 이른 동물을 박제해 전시하는 게 교육적으로 더 의미 있지 않을까. 동물원은 희귀종, 멸종동물, 다친 동물을 보호하는 최소한의 역할을 하면 좋겠고, 진짜인지 가짜인지 구분이 안 간다는 딥페이크 기술은 정작 이런 데 활용해야 하는 것 아니냐는 얘기를 친구들과 나눴던 것 같다.

이미 아이를 키운 부모의 이기심일지 좀 살아본 자의 경험적 훈수일지 잘 모르겠지만 이제 동물에 대한 인간의 과시, 지배, 이기심을 거두어들일 때가 되었다. '우리도 볼 수 있다'가 아니라 '우리는 그러지 말자'가 되어야 한다.

지구는 소리와 냄새, 진동, 자기장 등 수많은 자극으로 가득하고 식물, 동물들은 우리가 알지 못하는 그들만의 감각과 법칙으로 상호 협력하며 살아가고 있을 것이다. 지진, 쓰나미 같은 자연재해의 미세한 자극을 먼저 감지하는 동물들을 보면서 우리 사람을 구할 마지막 전사는 기계나 로봇이 아니라 한때 이 땅의 주인으로 군림했던 식물과 동물이 아닐까 생각한다. 지구의 중심, 대기의 복잡한 신호들과 은밀하게 연결되어 있는 그들의 야생적 감각이야말로 우리 사람이 보호하고 유지해야 할 마지막 대상일 것이다.

동물을 철제 가드에 가두는 것이 아니라 '야생 동물 보호 구역' 혹은 '자연 보호 공원'을 내걸고 최대한 서식지와 비슷한 환경을 조성하고 있는 선진국들을 보면 이미 변화는 시작된 것 같다. 그들이 태어난 곳에서 살다 그곳에서 죽는 자연의 법칙을 따르는 것이 동물을, 인간을, 지구를 살게 하는 것이겠다.

"엄마. 나무 꼭대기에만 감들이 열려 있어요."

이웃과 찾은 남양주의 어느 카페 마당에는 감나무가 꽤 많았다. 마당에서 뛰놀던 아이의 말처럼 정말 제일 꼭대기에만 몇 개의 대봉감이 주르륵 남아 있었다.

"응, 배고픈 까치 손님의 밥을 남겨놓은 거야. 아래쪽에 열린 건 사람들이 먹고 위쪽은 새들 먹으라고 남겨두는 거지."

아이 엄마는 동물원에서 아이가 듣든 말든 강화유리에 붙은 설명서를 조급히 읽어주던 젊었던 나와 달리, 아이의 눈높이로 내려와 차분히 말해주었다.

우리가 먼저 동물들을 위한 최소한의 배려를 한다면 동물들도 언젠가는 그 감각과 용맹함을 우리 지구를 위해 사용해주지 않을까?

인류의 기술 발달은 과연 무엇을 위한 걸까. 창과 방패의 끝나지 않은 싸움이 과연 정반합의 긍정적 결과를 만들긴 할까? 적어도 '사는 일'에 겁먹지 않아도 되는 그때까지 우리는, 나는 안전할 수 있을까?

(4장)

나,

그대로인 듯
새롭게

15

(미용실)

머리의 일을 머리카락에
위임하지 말자

머리카락(편의상 '머리'로 줄인다)을 검지에 감아 두세 바퀴 돌리고 놓으면 스프링처럼 동그랗게 말린 머리가 탄력을 받아 찰랑인다. 동그란 이마 위로 끌어 올려 묶은 풍성한 머리카락이 등 뒤에서 롤빵처럼 흘러 경쾌하게 흔들린다. 일명, 이라이자(만화 〈들장미 소녀 캔디〉에서 캔디를 괴롭히는 빌런. 닐의 여동생) 머리다. 그 구불거리고 찰랑이는 머리 모양은 '패티'였던 나에게(캔디의 친구 패티는 단발머리에 동그란 안경을 쓰고 있다) 절대적인 선망의 대상이었다. 악역의 원조인 이라이자는 성질 사나웠지만 힙hip했다. 셀러브리티 그 자체였다.

학력고사를 보고 '연애는 캔디처럼, 머리는 이라이자처럼' 하고 싶었던 나는 그 구불거리는 컬을 만들기 위해 두 달 넘게 거지존●을 버텨냈다. 그리고 졸업식 일주일 전, 미용실에 들어섰다. 미용실 바닥에는 파마약이 묻은 롯드와 타월이 어지럽게 널려 있고 머리카락이 뭉쳐서 돌아다녔다. 과연 이 미용실에서 이라이자로 나갈 수 있을까 하는 의구심이 들기는 했다.

"어떻게 해줄까?"

"이리이지 처럼 해주세요."

원장님은 '이라이자가 누군지 아는 사람?'이라는 눈으로 두리번거렸고 머리에 보자기를 쓴 손님 중 한 명이 두 번째 손가락을 빙 돌리며 꽈배기 머리라고 설명했다. 원장님은 "아~"했지만 이내 갸우뚱하며 머리카락을 계속 뒤적거렸다.

추운 겨울이었다. 한참을 돌아다니다 따뜻한 미용실 의자에 앉아 있으니, 아랫목에 누운 것처럼 노곤했다.

"학생, 일어나 봐."

어느새 잠이 든 건지, 원장님이 몸을 흔들 때까지 정신을 차리지 못했다. 그런데 이게 무슨 일인가? 거울 속에는 이라이자가 아니라 신안군 기동 삼거리 벽화 '동백 파마머리'(모르다면 검색해보시라)를 한 웬 아주머니가 앉아 있는 게 아닌가.

● 단발과 장발 사이의 과도기를 일컫는 단어다.

"저, 이라이자 머리라고 했는데…."

"학생 머리 길이로는 이렇게밖에 안 나와. 학생한테 몇 번을 얘기했는데 아무 대꾸도 없고. 아니 무슨 잠을 그렇게 자?"

당시의 나는 어디에서든 잤다. 버스, 만화책방, 찻집 등 장소를 가리지 않았다. 친구와 수다를 떨다가도 졸았다. 그러나저러나 빨리 어떻게 해야겠다 싶은데 '파마가 금방 풀리니 이틀은 머리를 감지 말라'는 원장님의 말이 구세주의 말씀처럼 들렸다.

그래, 죽으란 법은 없구나. 집으로 돌아와 머리를 감고 말리고 감고 말리고를 수십 차례 반복했다. 그러나… 소용이 없었다. 그랬다. 파마의 원뜻은 '영구적인permanent'이었다.

결국 엄마가 다니던 미용실에서 싹뚝 자르고, 다시 '패티'가 되었다. 졸업사진 속 나는 그렇게, 두꺼운 안경과 어설프게 컬이 남아 있는, 지금의 나와 동갑 같은 얼굴을 하고 있다.

마광수 교수가 쓴 《나는 야한 여자가 좋다》(1989)를 읽고 어떤 영감을 받아 위빙펌●을 한 날, 거리 투쟁에 휩쓸렸다가 최루탄 가스에 콧물, 눈물범벅이 된 채 경찰서에서 1박을 하고 나와 머리를 싹뚝 잘린 적도 있다. 회사에 다니며 술로도 마음이 풀리지 않는 날은 정처 없이 걷다가 아무 미용실이나 들어가 머리를 잘랐다. 복잡한 생

●　한 가닥씩 걸러서 웨이브를 만드는 머리 모양. 구불구불한 머리카락 사이사이에 생머리가 남게 되어 화려한 느낌을 준다.

각과 부패한 감정들이 머리카락 끝으로 내려와 머리를 무겁게 당기고 있는 것 같아서 잘라내지 않을 수 없었다. '쓱싹쓱싹', '철커덕'하는 가위 소리를 들으면 마음을 짓누르고 있는 돌덩어리가 깨지는 것 같았다.

머리를 자름으로써 남들에게 '나 지금 복잡하니깐 건들지 마'라고 말 없는 시위를 하고 싶었다. 그러나 몇 년 만에 스타일을 바꾼 배우자의 머리모양도 알아채지 못하는 상사들이 나의 변화를 알아채고 그에 맞는 상황 파악과 문제해결 의지를 보여줄 리는 만무했다. 그저 머리카락만 과로로 힘을 잃어갔다. 나는 끊임없이 머리를 잘랐고 결국 이라이자가 되지 못했다.

나는 이것을 '첫 파마의 저주' 혹은 '이라이자의 저주'라고 부른다.

머리모양을 바꾸는 것이 최대의 위로이자 사치였는데, 한동안 그럴 수 없었다. 머리 수술을 하며 삭발을 했기 때문이다. 첫 수술 때는 전문 이발사가 면도칼로 단번에 잘라주었는데 재수술을 하게 되자 전공의가 면도칼 대신 바리캉을 들고 병실에 나타났다. 머리의 반을 호치키스 같은 것으로 고정해놓은 상태에서 바리캉으로 밀다니. 바리캉이 도끼처럼 보였다.

전공의는 이발사보다 잘 깎는다고 호언했지만 손톱 반의반의 반만큼 자란 머리를 밀면서 가운을 땀으로 흠뻑 적셨다. 진통제 때문인지 다행히 어떤 감각도 느껴지지 않았고 바리캉 날에는 일주일 동안 자란 머리카락이 먼지처럼 소복하게 쌓였다. 일주일 만에도 머리가 자라다니, 신기했다.

수술 후, 머리카락은 쉽게 자라지 않았다. 같은 병동의 어르신들은 링거를 꽂고 부지런히 운동하는 내게 "학생, 빨리 나아서 엄마 밥 먹으며 공부해야지"라고 했다. 머리카락을 자른 것뿐인데, 나에게서 25년이 잘려 나갔다.

머리카락이 없는 나는 색깔이나 모양이 없는, 길쭉한 모양의 타원형 공 같았다. 머리칼은 나이, 성격, 마음 상태, 차림새 등 많은 이미지를 지배하고 있었다. 그렇게 귀한 머리카락에 그토록 마구잡이로 화풀이를 해댄 건가. 머리는 한 달에 1센티미터 정도 자라서 1년이 넘어서야 겨우 머리 전체를 뒤덮었다. 그 후로 나는 함부로 머리에 손을 대지 않는다. 머리카락이, 머리에 붙은 머리카락이 고맙고 기특해서 더는 괴롭힐 마음을 먹지 못한다.

고2가 된 큰아이가 느닷없이 '이제 공부를 해야겠다'며 사이타마(만화 〈원펀맨〉의 주인공)가 되어 나타났다. 남자의 생명은 머리라고,

머털이(만화 〈머털도사〉의 주인공)의 머리에 그렇게 공을 들이더니, 대체 뭔 일인가 싶었다.

고등학교 시절, 큰 키에 이목구비 반듯하고 얼굴까지 하얗던 남자 동창이 학교 독서실에 민머리에 겉눈썹까지 밀고 나타났다. 굳이 분류하자면 좀 '노는' 편에 속했던 그 친구는 그날 이후 무섭게 공부를 했다. 그는 독서실 의자에 박제된 것 같았다. 결국 그 친구는 원하는 대학에 합격했고 다시 잘생기고 '똑똑한' 노는 애가 되었다. 동창의 역사를 재현해준 거라 믿었던 큰아이는 머리 모양과 공부는 큰 상관관계가 없다는 것을 증명해내며 다시 머털이로 돌아갔다.

머리카락을 자른다고 흔들리는 결심, 부패한 마음이 사라지는 게 아닌데 큰아이나 나나 머리head가 해야 할 일을 자꾸 머리카락hair에 위임하니, 머리카락만 고생인 거였다. 삼손도 머털이도 머리카락에 대단한 것을 숨겨놓은 것 같지만 몸과 머리와 마음이 해내는 일인데 우리는 자꾸 그걸 잊고, 속는다.

수시로 머리를 자르는 큰아이와 달리 작은아이는 머리 자르는 것을 극도로 싫어한다. 어릴 때는 잠들었을 때 몰래 자르고 좀 더 커서는 화장실에 앉혀 놓고 순식간에 잘라야 했다. 더는 쥐 뜯어 먹은 모양으로 둘 수 없어 반협박으로 미용실에 데려갔다.

삐죽삐죽 우는 아이를 겨우 달래 무릎에 앉혀 놓고 아이와 동일한 시점에서 거울에 비친 아이의 표정을 보며 깨달았다. 날카로운 가위가 자신의 머리 주변을 서성이는 게 얼마나 무서운 일인지. 눈을 감고 앞머리를 자를 때는 공포가 극에 달하는 것 같았다. 나의 모든 것이나 다름없는 머리를, 두 손이 묶인 상태로(보자기를 뒤집어쓰니 묶인 것이나 다름없다) 상대에게 내놓는 것이니 왜 안 그렇겠는가.

인디언들은 머리카락에 혼이 담겨 있다고 생각해 남녀노소 모두 머리를 길게 땋고 다닌다. 그들은 어린 시절의 경험이 사는 데 큰 영향을 준다고 생각해 어린아이의 몸에 있는 모든 것을 소중히 여기고 강압적으로 머리를 자르는 일 같은 건 절대 하지 않는다고 한다. 과거 우리나라 역시 남녀 모두 머리를 길렀다. 단군이 고조선을 건국하면서 백성들에게 음식과 거처를 가르치기 전에 머리 땋는 방법부터 가르쳤다는 기록도 있다*. 일본의 단발령에 많은 이들이 온몸으로 맞섰을 만큼 머리카락은 사람의 정체성을, 국가의 정기를 상징한다.

영화 〈아바타〉의 '나비족'들은 하늘을 날고 바다를 유영하는 동물들과 길게 땋은 머리카락을 연결하여 영적으로 교감한다. 눈도 아니고 손도 아니다. 그렇게 어마어마한 의미를 가진 머리카락을,

---

* 조선시대 최고의 백과사전이라고 할 수 있는 《증보문헌비고增補文獻備考》에 실린 내용이다.

(미용실)

울리고 협박해 싹둑 잘라내버리다니, 아이에게 지독한 폭력을 저지른 셈이다. 남자라고 꼭 머리가 짧아야 했나, 긴 머리도 제법 어울리는 아이인데.

❖❖❖

"아, 이건 좀. 무… 무서운데요."

가판 신문● 당직을 서던 어떤 날로 기억한다. 같이 야근하던 후배가 인상을 쓰며 신문을 내밀었다. 《내셔널 지오그래픽 National Geographic》에 안동대학교 박물관이 소장하고 있는 미투리 한 켤레가 '사랑의 미투리'라는 제목으로 소개되었다는 기사였다. 미투리는 마麻와 머리카락을 섞어 짠 짚신형 신발로, 1998년 안동 고성 이씨 분묘에서 '원이 엄마'의 한글 편지와 함께 출토되었다. 남편이 젊은 나이에 전염병으로 죽자 저승에 가서라도 가족을 보살펴달라는 뜻으로 그의 부인 원이 엄마가 무덤에 함께 넣은 것이라고 한다.

오 헨리의 소설 《크리스마스 선물》에 나오는 주인공들은 머리카락을 팔아 산 시계줄, 시계를 팔아 산 머리빗이 소용없게 되어도 서로의 사랑을 확인한 것만으로도 살아갈 힘이 되었을 것이다. 하지만 배우자를 잃은 원이 엄마가 굳이 머리까지 삼을 필요가 있었을

● 거리에서 파는 신문을 뜻하지만 일반적으로 전날 저녁에 앞당겨 배포하는 다음 날 신문을 일컫는다.

까? 쪽머리를 자른 건지, 하나씩 뽑은 건지 엄청나게 고통스러웠을 텐데, 더구나 머리카락을 생명처럼 여긴 조선시대에 말이다. 가부장의 시대에, 홀로 유복자를 낳고 키워야 하는 원이 엄마의 처지와 세상에 대한 두려움이 전율처럼 느껴졌다.

"에이, 머리카락은 원이 엄마처럼 쓰는 게 아니라 이렇게 쓰는 거죠."

후배는 소아암을 앓는 친구를 위해 3년간 머리를 기른 초등학교 남학생의 이야기를 들려주었다. 아이는 머리를 기르는 동안 '여자 같다'는 놀림을 받았지만 친구에게 모발을 기부해줄 날을 기다리며 꾹 참았다고 한다.

오호라, 머리카락은 이렇게 쓰는 거구나. 무시로 머리카락에 푸는 화풀이부터 멈춰야겠다.

그런데 마음에 품은 선의와 달리 검은 머리보다 흰머리가 더 많은 탓에 여태, 앞으로도 그 약속을 지키지 못할 것 같다.

혹시, 머리카락 기부활동•에 동참할 이라이자 어디 없나요?

• 머리카락을 기부하기 위해서는 파마나 염색을 한 적이 없어야 하며 그 길이는 25센티미터 이상이어야 한다.

(미용실)

#16

(공항)

오래도록 촌스럽고
서툴게 남아 있기를

앞집의 남자아이가 다리에 깁스를 하고 나타났다. 앞집 아주머니는 그런 아들의 머리를 쥐어박으며 "사람이 어떻게 하늘을 난다고 거기서 뛰어내려. 뛰어내리기를"이라고 야단을 쳤다.

동네 아이들이 다니던 국민학교는 걸어서 30분 거리에 있었는데 산길을 통과해 가면 10분 정도를 단축할 수 있었다. 문제는 산길 막바지에 작은 낭떠러지가 있는 거였는데 '와다다' 속도를 높여 뛰어가면 가속도가 붙어 아래 낭떠러지로 떨어졌다. 대부분은 속도를 낮춰 옆의 나무뿌리 계단을 밟고 사뿐히 내려오는데 이웃의 남자아이는 그냥 낭떠러지로 내달렸고 스키점프 선수처럼 멀리 날아올랐다.

"야, 끝내줬어. 나, 잠깐 날았다니깐. 난 언젠가 날고 말 거야."

잠시 하늘 맛을 본 앞집 아이는 깁스를 하고도 흥분을 가라앉히질 못했다.

'쳇. 난 게 아니라 떨어진 거야. 중력 몰라? 이 바보야. 사람은 못 난다고. 날고 싶으면 비행기를 타야지.'

땅에 발을 딛고 사는 사람이 왜 슈퍼맨 흉내를 내는 건지. 유한의 세계에서 무한의 세계를 꿈꾸는 앞집 아이가 어리석어 보여 대구도 하지 않았다. 앞집 아이는 깁스를 풀고도 학교 앞산 낭떠러지 앞에서 더 날아오르지 못해 입맛을 다셨다.

"이주희 씨, 진짜 혼자 다녀올 수 있겠어?"

"아, 그럼요. 문제없습니다. 보내만 주시면 멋지게 임무 완수하고 돌아오겠습니다."

입사해서 처음으로 혼자 가는 해외 출장지는 바로 포르투갈이었다. 첫 출장지였던 일본은 팀으로 움직이는 일정이었지만 이번에는 오롯이 혼자 가고 혼자 와야 한다. 아, 그런데 포르투갈이라니, 포르투갈이 어떤 나라인가. 대항해시대를 연 나라, 초콜릿 '자유시간'의 광고 배경이었던 지구의 서쪽 끝 까보다로까CA BODA ROCA에서 대

서양을 바라볼 수 있는 나라가 아닌가 말이다. 그러나 17시간 비행에, 그마저도 프랑크푸르트에서 갈아타야 한다는데, 덜컥 겁부터 났다. 그러나 그런 내색을 보이면 출장이 무산될까 봐, 제주도와 일본 가는 비행기를 타본 게 전부였으면서 밥 먹듯 해외여행 다닌 척을 했다.

출장 결재가 나자마자 서점으로 달려가《세계를 간다: 스페인·포르투갈 편》과 비슷한 여행 책자 몇 권을 샀다. 출국부터 입국, 비행기 경유하는 방법을 글로 줄줄 외웠고 부장님, 과장님의 경험담을 꼼꼼히 받아 적었다.

짐을 부치고 비행기를 갈아타고 마중 나와 있을 주재원을 만나는 입국장까지, 세련되게 해내리라. 맞다. 우리 집에는《김찬삼의 세계여행》전집이 있었어. 그걸 읽고 자랐는데, 이제 난 세계 곳곳을 누비며 살 텐데 이런 것쯤이야.

공항에 배웅하러 나오시겠다는 부모님께도 '요즘에 촌스럽게 누가 공항에 데려다주냐'며 시건방을 떨었다. 밥 먹듯 해외를 나가는데, 그렇다면 공항에는 혼자 가고 혼자 와야 했다.

혼자 서 있는 김포국제공항은 말도 안 되게 광활했다. 그런 곳에 짐 하나 들고 서 있으려니 배도 아프고 입도 말랐다. 긴장하니 어깨는 움츠러들고 여권이나 출장비를 넣은 슬링백(말이 그렇지, 거의 복대에 가까웠다)을 확인하고 또 확인하느라 자꾸 촌스러워졌다.

책에서 읽은 대로 짐을 부치고 비행기에 올랐다. 처음의 장거리 비행, 13시간 동안 영화도 보고 밥도 먹고 잠도 잤지만 비행기는 땅에 내려 올 생각을 하지 않았다. 의자에 앉으면 다리가 반듯이 'ㄱ'자가 되지 않아 푸앵트● 자세를 해야 하는데 좁은 자리에서 그러고 앉아 있으니 삭신이 쑤셨다.

드디어, 프랑크푸르트 공항이다. 최대의 난관인 '환승'을 해야 한다. 두 눈이 터질 것처럼, 팽팽하게 긴장한 채 'Arrival'이 아닌 'Transit' 안내 표지판을 찾았다. 그 모습은 마치 위협이 느껴질 때 순간적으로 고압전류를 발생시켜 자신을 보호하는 전기뱀장어가 세로로 서서 걸어가는 형상이었으니 만약 누군가 내 몸을 쳤다면 감전되었을지도 모른다. 이내 리스본으로 가는 루프트한자Lufthansa 항공 표지판을 발견했고, 뱀장어에 전기가 빠져나간 것처럼 턱 하니 어깨가 내려앉았다.

그제야 주르륵 펼쳐진 면세점이 눈에 들어왔다. 본시 물욕이라고는 없는 편인데 분홍색 소시지와 사각 치즈가 전부였던 한국과는 달리 햄인지 돼지고기 덩어리인지, 치즈인지 돌멩이인지 구분이 되지 않을 정도로 다양한 햄과 치즈를 보니 눈과 코가 정신을 잃는 것

●　**발레에서 발끝으로 서는 기술을 뜻한다.**

같았다. 두어 개 브랜드가 시장을 독점하던 우리나라와 달리 맥주의 나라답게 그 종류도 다양하고 그 위에 입혀진 라벨지의 철자마저 세련돼서 하나하나 들고 살펴보고 물어보느라 잠시 한눈을 팔았다.

겨우 그 정도의 늦장을 부린 것뿐인데, 게이트를 찾기 위해 우회전하는 순간, 눈앞에 올림픽 주경기장 마라톤 트랙보다 긴 면세점과 게이트가 다시 펼쳐지는 게 아닌가. 김포공항에서 느꼈던 공감각과는 차원이 달랐다. 리스본행 비행기의 게이트는 번호 순서로 봤을 때 축지법을 쓰지 않으면 도저히 닿을 수 없는 거리였다. 지금이야 비행기를 놓치면 번거롭더라도 다음 비행기를 탈 마음의 여유가 있지만 당시에는 그럴 수가 없었다. 공항에 주재원이 마중 나와 있을 것이고 해외여행을 밥 먹듯 다닌 사람이 비행기를 갈아타지 못한다니, 그런 일로 입방아에 오를 수는 없었다.

다시 세로로 선 전기뱀장어가 되어 달리고 또 달렸다. 숨이 턱에 차올 때쯤, 어떤 차가 옆으로 달려왔고 점프슈트를 입은 남자가 "Hey, Get in the car. Get in the car"를 외쳤다(그랬던 것 같다). 그는 내 비행기표를 스윽 보더니 저속의 차를 전속력으로 몰았다. 드디어 게이트 앞, 그는 나를 사뿐히 내려주고 아빠의 미소를 지으며 유유히 되돌아갔다.

'오, 신이시여, 감사합니다.'

나는 전기를 내뿜는 뱀장어에서 숨 쉬는 인간의 모습이 되어 무사히 비행기에 오를 수 있었다.

***

"지금 생각하니 저를 어린아이나 학생으로 생각했던 것 같아요."

동료는 이해가 간다는 듯이 고개를 끄덕였다.

"그 전속력으로 달렸다는 차는 청소차였겠는데…."

그런 것도 같다. 아빠 미소를 지으며 친절을 베푼 독일 청소부 덕분에 나는 해외여행을 밥 먹듯 다닌 사람으로 남을 수 있었다.

외국에 가면 종종 나의 작은 몸 덕분에 의도하지 않은 배려를 받는다. 가족여행에서는 큰아이를 가리키며 나에게 "유어 브라덜(Your Brother)?"이라고 물었고 핀란드행 비행기에서는 옆 좌석의 소녀가 자꾸 자신의 가방에 있는 사탕과 초콜릿, 껌을 꺼내 나누었다. '자이리톨'이 아니라 '칠리톨'이라고 발음교정까지 해주며 말이다. 리스본행 비행기에서도 중년의 승무원들은 엄마 미소를 지으며 필요한 것 없냐고 수시로 와서 물었다. 지친 모습 때문인지 아니면 부모님 없이 혼자 여행하는 게 기특해서인지는 모르겠다. 동양의 어디쯤에서 온 조그만 아이에게 인류애, 아니 우월의 친절을 베푼 것일지도.

뭐 아무럼 어떠랴. 그때와 다르게 지금 우리나라는 반도체와 자동차를 만들고 'BTS'와 '블랙핑크'의 보유국인데.

수하물 컨베이어 벨트 앞, 도착 항공편을 알려주는 플랩판이

175   (공항)

촤르르 움직이고 라디오 전 채널을 켜놓은 것처럼 여러 언어가 뒤섞여 들렸다. 입국장 문이 열리고 마중 나온 주재원을 발견하자마자 턱하니 맥이 풀렸지만 이렇게 먼 곳에 혼자 오는 것쯤은 아무것도 아니라는 듯 노련한 몸짓을 만들어 보였다. 그렇다. 나는 미끄러지듯 포르투갈로 빨려 들어갔고 며칠간의 일정을 마친 다음 포르투갈에 녹아 있던 몸을 분리해 다시 김포공항으로 돌아왔다. 에스프레소와 포르투 와인을 맛보고, 까보다로까에서 대서양을 바라본 세련된 얼굴로 말이다.

그 후로 나는 종종 혼자 출장을 가고 여행을 다녔지만 어깨가 구겨지거나 전기뱀장어가 되지는 않았다. 《김찬삼의 세계여행》에 있는 나라의 반의 반도 가지 못했지만 고속버스나 기차를 타고 전라도나 경상도, 강원도를 가는 것처럼 자연스럽게 국경을 넘었다. 밥 먹듯 해외를 다니는 사람들의 모습과도 크게 구분되지 않았다. 긴 비행시간도 익숙해져서 잠시 눈을 감았다 뜨면 공간이동을 한 것처럼 대륙과 바다를 건너와 있었다. 나라와 나라를 이동할수록 촌스럽고 서툴렀던 나는 세련된 척을 하지 않아도 자꾸 노련해졌다.

코로나19로 바닷길도, 하늘길도 막혔다. 전 세계가 하나의 질병에 갇혔다. 이웃, 친인척, 가족과 접촉하는 것도 주의하라고 했다. 집에 머무는 시간이 길어지자 외국을 밥 먹듯 드나든 것도 아닌데,

이국에서 오래 살아본 경험도 없는데 느닷없이 이국의 낯선 온도와 습도, 향신료 섞인 공기가 그리워졌다.

다른 이들의 사정도 같았는지 해외의 거리 풍경을 실시간으로 보여주는 애플리케이션이 등장했다. 차에 연결된 카메라나 블랙박스의 화면을 보여주는 것이었는데 풍경의 변화만 있고 소리나 햇살, 바람, 향기가 없으니 식당 앞에 전시된 음식 모형 같았다. 애플리케이션을 끄고 인천공항으로 달렸다. 을왕리 바닷가에서 비행기가 뜨고 내리는 일몰의 풍경을 보며 한때 경계를 넘기 위해 애썼던, 몹시도 촌스럽고 서툴렀던 시절을 떠올리다 돌아왔다.

나는 땅 끝까지 가 보았네.
물이 있는 곳 끝까지도 가 보았네.
나는 하늘 끝까지 가 보았네.
산 끝까지도 가 보았네.
하지만 나와 연결되어 있지 않은 것은
하나도 발견할 수 없었네.

– 나바호족 노래●

●　시애틀 추장 외 지음, 류시화 엮음, 《나는 왜 너가 아니고 나인가》, 더숲, 2017, 36쪽에서 인용.

인디언 나바호족의 노래인데, 아마도 이 노래 때문이었던 것 같다. 문밖에 나갈 수도 없는데 온몸으로 동서남북을 느끼고 바람과 강물의 방향, 하늘의 변화를 예측해 땅, 하늘, 산의 끝에서 자신을 연결하는 느낌은 어떤 걸까, 그 본능과 감각이 궁금했다.

혼자 수백, 수천 킬로미터를 달려 주인에게 돌아오는 개처럼, 대륙을 가로질러 비행하는 철새처럼, 바다와 강을 헤엄쳐 자신이 태어난 곳으로 돌아오는 연어들처럼 나바호족에게는 지구의 외핵이 만들어내는 자기장을 느끼는 특별한 유전자가 있는 걸까? 앞집 아이가 낭떠러지에서 멈추지 않고 날아올랐듯 유한의 세계에서 무한으로 뻗어나가는 탐험의 DNA를 가지고 태어나는 걸까?

20년 가까이 산 동네의 위치도 남들에게 설명하기 어렵고 가던 길만, 왔던 동선만 밟고 사는 삶에 갇혔는데 유목하는 이들이 가진 날것의 감각이, 한때 전기뱀장어가 되어 경계를 넘어서기 위해 애썼던 시절이 그리웠다. 코로나19의 경계가 풀리면 다시 나아가리라, 반드시 그러리라. 온몸이 달아올랐다.

경계를 넘어보니 대체로 나는 낯선 세계에 놓여도 금세 익숙해졌고 혼자여도 단단한 편이었다. 내 안에도 이동하는 인류, 유목민의 본성이 조금은 살아 있는 것 같았다. 하지만 세련되고 노련해지면서 더 궁금해하지도 나아가지도 않고 경계 안에서 머물렀다.

코로나19가 그 출구를 보일 때쯤 나의 '브라덜' 큰아이가 드디어 부모가 아닌 자신의 친구들과 비행기를 타고 여행을 가겠다고 알렸다.

'그래, 곧 전기뱀장어가 될 나의 브라덜아. 인디언처럼 달려 세상 끝까지 가보고(그곳에 어떤 깃발도 꽂지 말고) 인디언처럼 돌아오너라. 공항 이용조차 어려웠던 엄마의 초보 시절처럼 오래도록 서툴고 촌스럽게 남아 있거라. 사람은 세련되고 노련해지면 경계 허물기를 멈추는 법이니.'

띵동, 회사 후배의 문자가 날아왔다.

"부장님. 이번 주 부서원이 첫 해외 출장을 가요. 저도 출장 많이 안 다녀봤으면서 마치 척척박사인 것처럼 이것저것 훈수 중인데 정말 진땀이 나네요."

나를 포르투갈로 보냈던 부장님, 과장님도 그렇게 나를 보냈겠지. 그들도, 나도, 후배도 큰아이도 오래도록 전기뱀장어로 남아 있기를 바란다.

#17

(산, 바다, 강)

경계 없는 쉼터에서
마침내 창대해지리라

동료 K, L과의 대화다.

동료 K "나는 바다, 바다."

동료 L "나는 산, 바다."

옛 회사 동료인 K와 L은 산과 바다 중에서 '젊을 때 즐겨 가던 곳'과 '앞으로 자주 가고 싶은 곳'이 어디냐는 나의 질문에 이렇게 답했다. K는 강릉에서 나고 자라서 산보다는 바다가 좋다고 했고, 얼마 전 퇴직한 L은 국내 웬만한 명산은 모두 다녀봐서 이제는 바다를 보러 다닌다고 했다.

"요즘은 아내랑 같이 가는데 버스로도 가고, 기차로도 가고 운전하고도 가니 모든 과정이 새롭지. 서해, 동해, 남해 느낌이 모두 다른 것도 재밌어. 사람으로 치면 동해는 청소년, 남해는 청년, 서해는 중년의 느낌이거든. 살면서 동해, 남해, 서해를 순서대로 돌면 딱 맞을 것 같아. 신기하지?"

산은 도시에도 수두룩하지만 바다를 보려면 일부러라도 '나서야' 하니 과정 자체의 즐거움이 있을 테다. 주말 아침부터 깨워대는 아빠의 성화에 못 이겨 북한산을 날다람쥐처럼 뛰어다녔지만, 바다를 볼 기회는 딱히 없었다. 그래서일까. 어디든 마음대로 가게 될 만큼 자랐을 때, 지리산 종주가 아닌 속초행을 고집했다.

처음 보는 바다는 난데없이 익숙했다. 공감각이 크게 확장되며 수평선으로 빨려갈 것 같은 느낌이 낯설지 않았다. 귀가 멍해지며 몸이 붕 뜨는 것 같은 느낌이 마치 공중목욕탕에 서 있는 것 같았다. 드라마 때문일까? 노래방 때문인가? 혹시 전생에 바다 생물이었나? 바다가, 고개만 들면 보이던 산보다 더 익숙하게 느껴지는 게 이상야릇했다.

그렇게 속초를 시작으로 고성, 양양, 강릉, 동해, 포항, 울산, 부산 등을 다녀왔고 강화도, 영종도, 제부도, 태안, 안면도, 변산, 홍도를 여행했다. L이 청년의 바다라고 말한, 거제, 통영, 남해, 해남, 진도 등은 친구들과의 노년 여행으로 남겨두고 있다.

✤✤✤

"젊을 때는 바다가 좋았는데 요즘은 산이 더 다정하게 느껴져요."

나의 대답은 '바다, 산'이다. 바다 여행보다는 산 풍경에 눈길이 더 가고 다시 북한산의 안부가 궁금한 걸 보면 대략 나의 선호選好는 그렇게 되는 것 같다. 밀려왔다 밀려가는 바다보다 묵직하게 엉덩이 붙이고 앉아 있는 산의 무게감이 더 믿음직스럽게 느껴진다.

그렇다고 아무 때고 등산화를 묶는 형편은 되지 못한다. 나는 새와 대화할 정도로 몸이 가벼웠던 시절에도 지리산, 설악산, 덕유산, 소백산*을 오르며 기절 직전에 동료의 부축을 받아 내려왔다. 한때 북한산 날다람쥐였다는 건 어디선가 이식된 기억의 조작인 건지, 동네의 아차산, 예봉산, 검단산을 오를 때에도 입구에서부터 완주에 대한 두려움이 엄습한다. 그러니 좋아하는 마음만 가지고 암벽이 병풍처럼 이어져 있는 주왕산과 화강암반이 기암괴석을 이루고 있다는 대둔산에 오를 수는 없는 일이다.

"그런데 이런 질문은 왜 하는 거야? '아빠가 좋아, 엄마가 좋아'

●   각 산의 높이는 지리산 1,915미터, 설악산 1,708미터, 덕유산 1,614미터, 소백산 1,439미터이다.

중년 버전인가?"

평소에도 '다시 태어나면 뭐가 되고 싶어요?', '얼마가 있으면 죽을 때까지 편히 살 수 있을 것 같아요?' 같은 유치한 질문을 하는 취미가 있는 걸 아는 L이 물었다.

"아니, 영화에서 자꾸 산과 바다에 대결을 붙이잖아요."

그러니깐 이번 질문은 영화 〈헤어질 결심〉을 보고 난 후 시작되었다. 영화에서 주인공 서래(탕웨이 분)는 자신을 학대하는 남편을 살해하기 위해 산에 오르고 사랑하는 남자 해준(박해일 분)을 지켜주기 위해 안개 가득한 바닷가에서 모래굴을 파고 바다로 흘러간다. 칸에서 감독상을 받은 이런 훌륭한 영화가 산과 바다에 알 듯 말 듯한 은유를 잔뜩 입혀 놓았으니 유치한 밸런스 게임이 떠오를 수밖에.

"어떨 때는 산과 바다가 경계 없이 하나로 느껴지기도 해. 산 정상의 푸른빛 들판에 바람이 불면 파도가 넘실대는 것 같고 새벽 바다의 파도는 산 능선처럼 보인다니깐."

L의 의견인데, 듣다 보니 영화 〈헤어질 결심〉의 서래 집에도 언뜻 보면 파도지만 또 멀리서 보면 산 능선으로 보이는 초록빛 벽지가 있었다. 서래는 산에서 해준에 대한 사랑을 확신했고 바다에서 그 사랑을 완성했는데 그 모든 엇갈린 인연이 벽지 하나에 담겨 있는 것 같았다.

서래처럼, 사람들도 바다와 산을 집에 들인다. 옆집의 수족관에는 작은 기암 암석이 있는데 세척을 위해 꺼내놓으면 그 모양이 꼭 북한산 인수봉 같다. 친구는 베란다를 웬만한 화원 이상으로 만들어 놓았는데 햇볕이 자외선 차단 비닐을 통과해 율마를 비추면 마치 수초가 흔들리는 것처럼 보인다고 했다.

제주도에서도 비슷한 풍경을 보았다. 한겨울 눈 폭풍이 불어 닥친 다음 날이었다. 눈 덮인 야자수를 보는 건 제주도에서나 누릴 수 있는 호사다. 도로에는 드라이아이스를 뿌린 듯 눈바람이 휩쓸었다. 전날, 한남 산책로에서 잔잔한 코발트블루의 여름 바다를 보았는데, 눈 폭풍이라니. 제주의 날씨는 실로 변화무쌍했다.

그런 날 오른 산굼부리 정상. 저 멀리 바다는 넘실대는 파도를 만들었고 살갗을 아리는 쨍한 바람이 산으로 밀려 와 하얀 눈보라를 밀어냈다. 산굼부리가 투명 그릇에 담긴 토핑 가득한 빙수 같았다. 이렇게 완벽하게 연결된 산과 바다라니. 김환기 화백의 그림 '하늘과 땅'●의 수많은 점처럼 산과 바다, 하늘과 땅이 경계 없는 합이 되어 큰 홀로그램을 만들었다. 거칠고 힘센 바다, 무겁게 앉은 산이 하나가 되어 소용돌이쳤다.

"지혜로운 자는 물을 좋아하고 어진 자는 산을 좋아한다"●●는

● 〈하늘과 땅 24-IX-73 #320〉, 1973년 작품.
●● "지자요수 인자요산(智者樂水 仁者樂山)", 《논어論語》〈옹야편雍也篇〉에 나오는 구절이다.

공자님의 말씀은 어느 하나를 고집하지 말고 산과 바다에 두루 가서 자연이 품은 뜻을 배워 지혜롭고 어진 사람이 되라는 것 아니겠는가. 서래 집의 벽지처럼, 이웃집의 수족관처럼, 친구의 베란다에 있는 화초들처럼 때로는 산의 인자함이, 때로는 바다의 지혜로움이 필요한 게 사는 일의 굴곡 아닐까 싶다.

"왜 선택지에 강은 없어? 강이야말로 산도 있고 물도 있는데, 그야말로 최고지."

옆에 조용히 앉아 있던 Y가 슬쩍 끼어들었다.

산과 바다 외에도 자연에는 강과 호수, 계곡 등 수많은 땅과 물의 조합이 있었지. 남한강과 북한강이 만나는 두물머리, 한탄강의 주상절리, 제천 청평호의 청풍명월은 침침한 눈과 먼지 가득한 뇌를 씻는 데 최고가 아닌가.

그리고 서울 한복판에는 두말하면 잔소리일 '한강'이 있다. 운 좋게도, 도보로 한강에 갈 수 있는 곳에 사는 터라 일주일에 두세 번은 청담대교에서 영동대교, 성수대교까지 왕복 5~6킬로미터를 산책한다. 봄에는 꽃들이 만개하고, 여름이면 강바람이 땀을 식혀주고, 가을에는 꽃보다 화려한 단풍을 볼 수 있고, 겨울에는 강 위로 눈 녹는 모습까지 즐길 수 있으니 어느 한철이라도 무게를 더 둘 수 없는 데가 바로 한강이다.

도심의 강은 높고 낮은 빌딩들 사이를 비집고 깊숙이 흘러간다. 물수제비 몇 번 퉁기면 닿을 듯 가까워 보이는 강남과 강북의 한강 폭도 1킬로미터가 넘는다. 한강 다리를 비추는 불빛들이 번지면 강에서 불이 난 것도 같고 커다란 셀로판지가 강 아래를 둥둥 떠다니는 것도 같다. 지하철 합정역에서 당산역 구간을 건널 때면 한강에 비친 풍경이 그렇게 아름다울 수가 없다. 빛나는 윤슬을 가득 품고 있는 한강물은 날마다 다른 분위기를 만들어내고 그날의 하루를 특별하게 만든다. 넋을 쏙 빼놓는 이 광경 때문에 나는 일부러라도 이곳을 지나는 노선을 선택한다. 지하철 밖으로 펼쳐진 한강을 바라보며 어떨 때는 서러운 마음을 달래기도, 어떨 때는 그리운 이를 떠올리기도 했다. 그렇게 한강은 나에게 여러 감정을 가르쳐주는 장소가 되었다.

자전거를 타고 달리는 청년들, 모래놀이를 하며 여름 분수를 즐기는 아이들, 산책 나온 부부, 텐트 속에서 석양을 즐기는 연인, 잔디밭에 앉아 이웃이나 친구와 두런두런 이야기를 나누는 사람들까지, 한강은 어떤 목적으로 나와도 손해 볼 일 없는 곳이다. 구석구석에 조각 작품이 전시되어 있고 밴드 공연과 달빛 야시장이 열리고 천 대의 드론이 밤하늘을 수놓는, 매일매일이 축제고 한 해 한 해가 리즈인 곳. 그렇다. 한강은 전투를 치르듯 일상을 살아가는 사람들 누구에게나 열려 있는, 아무렇게나 머물 수 있으며, 깊게 숨을 들이 마시고 들이쉴 수 있는 도심의 휴양지다.

띵동. 친구가 사진을 보내왔다. 제주도에서 나고 자란 친구는 요즘 산바람이 단단히 들었다. 한탄강을 트래킹하고 명성산 억새밭을 노닐고 백두대간 선자령을 오르고, 계룡산과 오대산을 손쉽게 넘는다. '육지'라는 말을 쓰던 섬 여자가 영하 15도의 날씨에도 눈이 내린 산을 혼자 오른다. 아주, '산 여자'가 다 되었다.

'여기가 한강의 발원지래.'

단체 메신저 톡에 '명승 제73호 태백 검룡소'라는 풋말과 함께 작은 소용돌이를 만들며 힘차게 흘러내리는 시냇물 사진이 올라왔다.

아니, 한강이 이렇게 작은 시냇물에서 시작한다고?

우리가 매일 마시고 쓰는 모든 물이, 영월, 충주댐, 양수리, 팔당댐 사이를 세차게 흐르는 커다란 물줄기가 강원도 태백의 작은 시냇물에서 시작됐다는 게 신기하고 놀라웠다. '시작은 미약하나 끝은 창대하리라'는 말이 바로 이런 것 아니겠나.

요약해보니, K와 L은 앞으로 바다로 갈 것이고 Y는 강을 둘러볼 것이고 친구와 나는 산을 찾을 것 같다. 그 모든 것이 연결되어 있으니 어디선가 만날지도 모르겠다. 당분간은 고문관 신세를 면치 못하겠지만 산의 가르침을 얻어 와야겠다.

예를 들면, 이런 거다.

(산, 바다, 강)

퇴직한 회사 선배는 친구들과 함께 서울의 둘레길을 다닌다. 녹초가 되어 둘레길을 내려왔을 때 친구 C가 가방에서 주섬주섬 무언가를 꺼내 친구 D에게 건넸다고 한다. 졸업앨범처럼 딱딱한 하드커버에 북케이스까지 있어서 무게감이 상당해 보였는데 C는 거칠게 숨을 쉬며 "야, 무삭제 대본에 사진, 배우, 감독, 작가 인터뷰까지 다 있어. 잘 소장해라. 큰맘 먹고 산 거다"라고 했다는 거다.

친구 D가 환갑을 넘어 드라마 〈나의 아저씨〉를 정주행한 후 인생작을 발견했다며 대사를 줄줄 외울 정도로 드라마 덕후가 되었는데 그런 친구를 위해 C가 고가의 대본집을 샀고 둘레길 내내 그 무게를 짊어지고 걷다가 종착지에서 친구 D에게 건넨 것이다. 산에 가면, 아저씨들이 진짜 '나의 아저씨'가 되는가 보다.

나 역시, 산의 마법으로 다시 태어나 '나의 아줌마'가 되어야겠다.

#18

(중고마켓 플랫폼   )

비워내는 재미,
나눔의 기쁨을 누리다

중고 사이트를 알고 이용하게 된 건, 중고마켓 플랫폼 회사에 근무했던 소설가의 책●을 읽고 나서부터다. 번개니 야채니 알지 못했는데, '아나바다'의 세대이기도 하고 중고거래 비즈니스가 어떻게 수익을 내는 건지 무엇보다 궁금했다. 중고 거래로 사기를 당하거나 범죄에 연루되는 일이 연일 뉴스에 보도되면서 그 거래 과정이 알고 싶기도 했다.

●   장류진 지음, 《일의 기쁨과 슬픔》, 창비, 2019.

(중고마켓 플랫폼   )

"위험하긴요. 그냥 이웃들인데요. 집에서 물건을 버리면 바로 쓰레기로 배출되지만 이렇게 거래하면 누군가에겐 쓸 만한 물건이 되는 거죠. 중고로 내놓는다고 생각하면 물건을 좀 더 깨끗하게 쓰게 되기도 하고요. 저는 얼마 전에 중고 거래로 좋은 화분 하나 장만했어요."

무엇이든 바로 해보고 마는, 도전적인 성격의 작은아이 친구 엄마는 진즉부터 중고 거래를 애용한다고 했다.

애플리케이션을 설치하고 판매할 물건들을 정리하는데 마음이 두근거린다. 진짜 거래가 되려나? 아이 책이며 장난감, 교구재를 닦고 사진을 찍고 구입 연도와 물건 상태에 대한 설명을 달고 적당한 가격을 정하거나 혹은 나눔으로 분류해 게시물을 올렸다. 걱정과는 달리, 몇 시간 만에 누군가가 말을 걸어왔고 약속을 잡고 두근거리는 마음으로 거래 장소로 나갔다. 그곳에는 채팅에서 느껴진 분위기와 같은 인상의 구매자가 나를 기다리고 있었다.

"저, 이거 오늘 화천에서 주운 밤이고 이건 키위인데요. 나눔 해주신 거 너무 감사해서요."

"아이고, 잘 먹겠습니다."

3년간 정기구독한 과학잡지는 반질반질한 밤과 키위로 돌아왔고 우리 가족의 저녁 간식이 되었다. 과학에 관심이 많다는 동네 꼬마는 어쩌면 이 과학잡지를 읽으며 과학자의 꿈을 키울 테지.

"조카 주시려나 봐요. 그래서 이 책들도 가져왔는데…."

"아니요. 제가 읽으려고요. 어릴 때 읽었던 생각도 나고, 애장판이 흔하지 않아서 소장하려고요."

빳빳한 하드커버의 한자 만화책 수십 권을 카트에 싣고 나가니 구매자는 아이 엄마일거라는 예상과 달리 대학생이었다. 덤으로 가지고 나간 어린이 소설 몇 권은 다시 들고 돌아왔지만 텅 빈 카트를 보니 아이의 추억을 거래하고 온 것 같아 마음이 허전했다.

"앗싸, 이거 내가 가지는 거지? 엄마, 나 이 책도 안 읽는데, 이것도 팔까?"

책값으로 받아 온 얼마의 돈을 아이에게 전하니 한참 읽어야 할 책들까지 판매의 범주에 넣으려 한다. 아이고, 아들아. 책 거래는 당분간 안 되겠다.

이번에는 물건 구매에 나섰다.

나름의 원칙 중 하나가 '죽을 때까지 입어도 다 입지 못하는 옷이 장롱에 천지삐까리(경상도 사투리로 넓은 범위로 널려 있다는 말)니 옷은 더 이상 사지 말자'이고 무엇이든 최소한으로 소유하겠다는 것인데 그게 어디 쉬운가. 필요와 상관없이 새 옷을, 예쁜 옷을 입고 싶은 욕망을 엄마 배속에서부터 가지고 태어났는데. 아담과 이브가 사과만 먹지 않았어도 이런 번거로움은 없었을 텐데 말이다.

　　　　　　　　　　　　(중고마켓 플랫폼)

중고마켓 플랫폼에는 '새 옷'이라고 괄호가 달린 게시물이 많았다. 판매자들이 올린 게시물에는 취향이 달라져서, 사이즈가 맞지 않아서 몇 번 입지 않아 상태가 좋다고 적혀 있었다. 중고마켓 공간은 고가부터 저가까지 모든 연령대를 위한, 여러 디자인의 제품을 파는 편집숍● 같았다. 그중에서 편하게 입을 수 있는 가디건을 구매하기로 했다. 접선 장소로 나가니 키가 훌쩍 큰 20대 중후반의 판매자가 기다리고 있었다.

그녀는 "저한테는 좀 짧더라고요. 그런데 딱 맞으실 것 같아요. 예쁘게 입어주세요"라고 말했다. 이러저러한 이유로 주인의 것이 되지 못한 옷은 깨끗했고 예뻤으며 집에 와 세탁하니 진짜 새것이 되었다. 가디건은 처음부터 내 옷인 양 잘 맞았고 입고 나갈 때마다 기분 좋은 소리를 듣는다.

"어머, 너 요즘 살 빠졌니?"

두 번째 구매는 로봇 청소기였다.

어깨충돌증후군인지 이두건염인지 병원에서 내린 의사의 진단은 애매했다. 옷을 갈아입을 때도, 물건을 집을 때도 '악' 소리가 절로 났다. 어깨 어디선가 뼈와 힘줄, 근육이 서로 엉키는 것 같았고 그 통증은 날카로웠다. 쉽게 하던 집안일도 겁이 났다. 어쨌거나 오

● 한 매장에 두 개 이상의 브랜드 제품을 모아서 판매하는 유통 형태를 말한다.

십견이었다.

"기계의 힘을 빌려. 로봇 한 대 들여놓으라고. 당장 대걸레부터 버려!"

그래, 로봇 청소기가 있었지. 집안의 지도를 그려가며 구석구석 쓸고 닦아준다던데, AI 급이라던데. 그렇지만 식기세척기도 잘 쓰지 않는 성격이라 사용해보지도 않은 채 무턱대고 사기에는 부담스러웠다.

중고마켓 플랫폼에서 로봇 청소기를 검색하니 개봉도 하지 않은 제품이 신제품 가격의 80퍼센트 수준에서 팔리고 있었다. 이런 물건을 중고 사이트에서 거래해도 되나? 사기당하면 어쩌지? 아니, 나의 주소를 모르는 사람에게 알려줘도 되나?

어쩌나 신경을 쓴 건지, 본 적도 없는 판매자가 꿈에 나타났다. 판매자는 나의 주소를 찾아내 나를 미행했고 각종 비밀번호를 알아내 전 재산을 털어 달아났다. 이런 흉흉한 꿈이라니. 그렇게 몇 날 며칠을 고민하다가 어렵게 구매를 결정했고 걱정과 달리 물건은 너무도 정확하고 안전하게 배달되었다. 친절하고 신중한 판매자였지만 모든 거래가 끝날 때까지도, 아니 끝나고 나서도 나는 몹시 불안했다. 그러다 웃음이 났다. 믿었는데 믿지 못할 일이 발생했을 때와 믿지 않았는데 믿을 만한 일을 경험했을 때, 어느 쪽이 더 허탈할까? 꿈까지 꾸며 염려를 달고 사는 내가 우스웠고, 한편으로는 그런 위험까지 상상해야 하는 흉흉한 세상이어서 씁쓸했다.

(중고마켓 플랫폼)

✦✦✦

중고마켓 플랫폼에서 파는 일은 쉬웠고 사는 일은 어려웠다. 중고 거래에서 물건을 살 때는 새 물건을 살 때보다 더 많은 것을 고민해야 했다. 제품의 사양, AS 등 제품 기능에 대한 지식은 물론 다른 중고 판매자는 얼마에 팔고 있는지 확인해야 하고, 무엇보다 중요한 것은 거래 방법이었다. 거래 방법 때문에 판매자를 선택하는 일에 역전이 발생하기도 한다. 같은 상태의 물건이라면 저렴한 물건을 구매하는 게 당연한 일이지만 중고 거래에서는 직접 만나서 거래할지, 택배로 받을지 결정해야 하고 판매자의 성향이나 기존 판매 이력, 구매자들의 만족도도 살펴보는 것이 좋다. 중고마켓 플랫폼에서는 판매자보다 구매자가 좀 더 불안한 구조라고 할까.

어쨌거나 그렇게 우리 집에 입성한 로봇 청소기 '로순이'는 한동안 열심히 일을 해냈다. 물론 이 로봇이 일을 잘하는지 못하는지 따라다니며 노려보느라(보는 것만으로도 신기했다) 직접 노동을 하는 것과 시간적인 면에서는 큰 차이는 없었지만 몸을 쓰지 않아도 되고 노려보기는 해도 동시에 다른 일을 할 수 있으니 신세계가 따로 없었다.

좀 더 맛있는 커피를 마셔보자는 배우자의 요청에 중고 거래 애플리케이션을 열었다. 전자동 커피 머신은 비싸고 놓을 자리도 마땅치 않았다. 자동 그라인더와 핸드드립 세트를 새것으로 사려니 간단한 캡슐 머신 대신 얼마나 오랫동안 내려 마실지 장담이 안 되었다.

"계속 내려 마실지 아닐지 모르니깐. 일단 중고로 구해서 써보고, 진짜 습관이 잡히면 좋은 거 사자. 남이 한두 번 쓴 게 뭐 어때? 씻어서 쓰면 되지. 사람이 쓴 건데."

평소 먼지나 얼룩, 냄새 등에 예민해서 몸이든 물건이든 옷이든 자주 씻는 편이고 먹은 그릇들도 쟁여 놓지 않고 바로바로 치우는 편이다. 집안 내력인지 자매님들은 설거지를 하는 데 한 시간을 쓰기도 한다. 식기세척기로 했는지 손으로 했는지 헷갈릴 정도다.

"평소 그렇게 깔끔 떨면서 중고 물건은 괜찮아?"

배우자의 걱정과 달리 나는 고택이나 고가구를 좋아하고 새 물건만큼이나 어른들이 물려준 중고 물건을 좋아한다. 엄마에게 물려받은 옷이나 장신구는 내 것보다 더 마음이 가고 시어머님이 쓰시던 스텐 그릇이나 법랑 믹싱볼은 다른 그릇들보다 그 위세가 높다. 음식을 남기면 죽어서 다 먹어야 하고 물건을 사놓고 안 쓰면 죽어서 그 물건들을 머리에 이고 있어야 한다니 저승 가서 들 짐을 줄이자는 차원이기도 하다.

어쨌든 나의 뜻은 그러했지만 이러저러한 이유로 중고 대신 새것을 들였다. 한동안은 좋은 원두를 검색하고 소문을 듣고 매장에 찾아가고 킁킁대며 향을 맡는 등 요란을 떨며 커피콩을 갈고 핸드드

립으로 내려 마셨다. 향도 좋고 맛도 좋았지만 한 달을 넘지 못하고 스팀 커피 메이커를 다시 꺼냈다. 편리함을 이길 건 없었다.

한때 부지런히 일하던 로순이도 지금은 뽀얀 먼지를 쓰고 거실 한구석에서 장기 휴양 중이다. 성질 급한 나는 버리려고 내놓은 대걸레를 새 걸레로 갈아 끼워 밀고 다닌다. 집안일만큼은 아직 로봇들보다 내가 좀 더 나은 것 같다. 얼마 전부터 '로순이' 옆에는 '커돌이'(드립커피 세트)가 나란히 자리를 차지하고 앉아 있다. 대걸레를 밀며 그들 옆을 지나칠 때마다 마음이 무겁다.

물건을 사기도 팔기도 해본 나는 현재 중고마켓 플랫폼을 '나의 오래된 가운을 버림으로 인한 후회'를 '하지 않을' 용도로 활용 중이다. 18세기 프랑스의 철학자 드니 디드로_{Denis Diderot}가 쓴 에세이의 제목으로, 친구에게서 고급스러운 가운을 선물 받아 서재에 걸어두었다가 어울리지 않는 낡은 가구들을 하나둘, 나중에는 모두 바꾸게 되었다는 이야기다. 이런 연쇄 소비를 '디드로 효과'라고 하는데 새집으로 이사하면 그에 맞추기 위해 새 가구를 들이고 새 접시를 사고, 명품가방을 들면 명품시계와 명품의류를 사고 싶은 심리를 말한다.

그러니까 나는 무언가를 사고 싶어 안달이 날 때, 중고마켓 플랫폼을 연다. 중고 거래 애플리케이션에는 미싱부터 항아리까지 없는 게 없고 어떤 브랜드의 제품을 사야할지 모를 때 조금만 검색하면 사람들이 가장 많이 쓰고 파는 그 분야의 넘버원 브랜드까지 알려준다.

쓱 둘러보고 마음에 드는 물건 몇 개를 휘리릭 장바구니에 넣는다. 그러고 나서 잠시 잊고 며칠을 보내다 다시 중고마켓 플랫폼에 들어간다. 이미 팔린 것도 있고 며칠이 지나서인지 그다지 필요하게 느껴지지도 않는다. 게다가 구매 과정이 어렵고 번거롭고 안전하지 않다고 생각하니 귀찮아져 쓱 장바구니를 비운다. 구매의 번거로움, '굳이'라는 장치를 앞에 두니 구매 욕구 자체가 없어진다. 그렇다. 중고마켓 플랫폼은 현재 나의 소비 누름돌로 맹활약 중이다.

이렇게 쓰고 나니 중고마켓 플랫폼 회사의 임직원들에게 미안한 마음이 든다. 하지만 소심한 이용자 한 명이 애플리케이션의 용도를 달리 쓴다 해서 영향을 받을 시장도 아니니 앞으로도 승승장구하기를 빈다. 아울러, 절용節用●을 실천코자 하는 모든 이에게 이 누름돌을 적극 추천한다.

● 묵자의 절용은 절약만을 강조하지 않으며, 재화의 용도에 맞도록 절도 있게 소비하는 것을 말한다.

#19

회피가 아닌 체력으로,
나를 지키는 법을 배워요

국민학교 체육 시간, 남학생들은 축구를 했고, 여학생들은 피구를 했다. 더러 반 전체가 피구를 하기도 했는데 반 대항이 있는 날에는 체육부장과 오락부장이 나와 작전을 짜고 공격과 수비, 응원 등의 역할 분담에 열을 올렸다.

피구에서 우승에 기여하는 유형은 두 가지다. 빠른 속도로 상대 팀을 맞혀 아웃시키는 공격형과 공을 피해 오래 살아남는 수비형이다. 나는 대체로 끝까지 살아남아 우승에 힘을 보태는 수비형에 속했는데 홀로 남아 상대편의 무서운 공격수와 대치할 때는 친구들의 응원에도 차라리 빨리 죽기를 진심으로 바랐다.

부리부리한 눈빛의 친구가 한 손으로 공을 움켜잡고 짧게 던
지는 페인트 모션을 하며 숨통을 조여올 때는 두려움에 숨이 멎는
것 같았다.

✦✦✦

여자 모델, 가수, 연기자, 개그맨들이 축구장을 누비며 날아오
는 공을 발로 뻥뻥 차고 머리로 받아내고 몸싸움을 하고 목청껏 파
이팅을 외친다. 바람 불면 날아갈 듯한 여자들이 힘줄을 돋우고 핏
대를 세우며 축구장을 누비는 건 예상하지 못한 장면이다. 국가대표
선수 출신 감독들도 월드컵 경기만큼이나 진지하게 작전을 세우고
지시를 내린다.

여자들이 축구를? 저렇게 공을 힘차게 멀리 찬다고? TV 화면
속 여자 방송인들의 다리와 팔에 도드라진 근육이 제법 알차다. 서
로에게 작전을 지시하거나 격려하는 목소리는 단전 깊은 곳에서 솟
아나는 듯 우렁차다. 저렇게 뛰고, 저렇게 소리를 지르고 나면 심장
과 뇌가 얼마나 청량해질까?

큰아이는 고등학교 시절, 10분 남짓한 쉬는 시간에도 공을 들
고 내려와 축구를 하고 수업 시간이 되면 다시 계단을 성큼성큼 뛰

어 올라갔다. 담임 선생님과 상담하러 가는 길, 그런 아이를 목격하고 기가 찼는데 축구에 온 학창 시절을 바친 큰아이가 말했다.

"축구에는 인생이 있어. 축구를 모르고 인생을 논하지 마."

그러게. 조직력과 전략과 전술, '인생'까지 녹아 있는 축구를 왜 배워볼 엄두도 내지 못했을까? 남학생들과 발야구를 몇 번 해보기는 했어도, 회사에서 족구 경기에 참여해보기는 했어도 일인분도 안 되는 깍두기 신세였다.

"우리는 남자랑 여자 같이 축구히는데. 엄마도 그러지 말고 축구 배워봐."

중학생인 작은아이는 가끔 엄마를 과대평가한다.

"야. 엄마가 어떻게 축구를 하냐? 엄마 지금 축구 하면 죽어. 근육부터 만들어야지."

큰아이는 흐물거리는 지방뿐인 엄마의 몸을 나무랐다. 어깨도, 무릎도, 손가락, 발가락도 삐걱거리는데 근육을 만들라니. 먹고 살며 버티는 데는 쓸모가 있었는지 몰라도 세월 앞에서 한계에 다다른 몸을 짊어지고 한의원, 정형외과, 통증의학과를 전전하는 처지인데 말이다.

"국민체조를 해봐라."

아빠는 노화의 능선을 넘고 있는 딸을 안타까워하며 새마을 운동 시절의 '국민체조'*를 권했다. 하루도 빼먹지 않고 국민체조를 하는 아빠를 보며 과연 운동이 될까 싶었는데 연세에 비해 거동에 큰 불편이 없으신 걸 보면 그 시절 호루라기 소리에 맞춰 전교생이 하던 동작이 온몸의 관절을 풀어주는 데 제격인가 보다.

어릴 때 약수터에 가면 앞뒤로 손뼉을 치고 겨드랑이를 두드리고 나무에 등을 부딪치는 어르신들의 모습이 좀 부산스럽다 생각했는데, 그런 부산스러움 때문에 북한산 약수터에도 오를 수 있는 거였다.

물리치료, 약침, 스트레칭에 국민체조까지 열심히 해보았지만 어깨, 무릎, 발가락 통증은 나아지지 않았고 마지막으로 찾은 곳이 바로 동네 문화센터였다. 문화센터에 들어서면 아장거리는 아이와 조잘대는 초등생, 성큼한 청년, 노련한 중년, 느릿한 노년까지 전 세대를 마주한다. 흡사 현대판 종갓집 같다. 무언가를 익히고 단련하는 모습은 서당이나 국궁장 같기도 하다. 그 존엄함에 들어설 때마다 매무새가 조심스러워진다.

• 1977년 3월, '새 국민체조법 12가지'에 의해 만들어졌는데 숨쉬기, 무릎 굽혀 펴기, 팔 돌리기, 목 돌리기, 가슴 젖히기, 옆구리 운동, 등배 운동, 몸통 돌리기 등의 동작을 포함하고 있다.

(스포츠 센터)

케어 필라테스 수업이 진행되는 다목적 교실은 한쪽이 전면 거울로 되어 있었다. 거울을 통해 나의 전신을 마주하다니, 게다가 다른 사람들의 시선 안에 서 있다는 게 어찌나 민망한지 몸이 오그라드는 것 같았다. 앞사람과 겹치게 자리를 잡았다. 평균 이하의 비율과 적나라하게 드러난 전신은 차치하고, 문제는 좀처럼 구부러지지 않고 비틀지 못하는 몸의 강직성에 있었다. 다행히 수강생 대부분이 중장년이라 나의 부진은 크게 눈에 띄지 않았다. 오히려 여기저기서 터져 나오는 얕은 신음에 심리적 안정감을 느꼈다.

폼롤러, 덤벨, 밴드를 이용해 배 부분의 코어 강화, 고관절과 엉덩이 근육 강화를 위한 운동이 반복되었다. 거울을 통해 곁눈질하면 어떤 동작은 어떤 이가 잘하고 또 어떤 동작은 어떤 다른 이가 자연스러웠다. 같은 동작에도 사람마다 사정이 달랐다.

기능적으로 열등한 곳을 찾아내는 것이 우선이었다. 강사의 말대로 눈을 감고 나의 숨, 뼈, 겉 근육, 속 근육, 인대, 내장기관에 집중해보았지만, 감정 변화에만 예민했지 몸의 감각에 둔한 나는 어디가 어디인지 알아차릴 수 없었다.

고작 나는 걸을 때 뒤꿈치보다 앞쪽 발가락에 힘을 주는 습관이 있다는 것, 양쪽 다리 길이가 다르고, 양팔 팔꿈치 굵기나 회전 각도가 다르고, 대체로 왼쪽보다는 오른쪽으로 중심을 잡는 게 편하고, 팔보다는 다리 힘이 더 좋고, 허리 유연성이 좋지 않다는 걸 알아낸 것이 전부다. 의자에 앉아서도 양반다리를 하고 있고, 서 있을 때는 짝다리를 하고, 배보다는 어깨에 힘을 주고, 잘 때도 왼쪽으로 모로 누워 자는 오래된 일상의 습관이 불러온 결과였다.

'측정할 수 없으면 관리할 수 없고 관리할 수 없으면 개선할 수 없다'고 했던가. 무릎, 어깨, 발가락 통증의 이유는 이런저런 습관으로 굳어진 불균형의 문제였고 약이나 주사만으로는 한계가 있다는 것을 알았으니 이제 적극적인 관리와 개선이 남은 셈이다.

1년쯤 부지런히 필라테스를 다니다 보니 목이 돌아가지 않아서, 팔과 다리가 올라가지 않아서 신음했던 몸이 조금씩 자연스러워졌다. 손과 발을 조금 더 멀리 뻗게 되었다. 옷을 벗고 입는데도 겁이 나지 않았다. 조금 더 욕심을 내보기로 했다.

'골격근량 표준 이하, 체지방률 표준 이상'.

"충격적이네. 그동안 운동한 거 맞아? 어떻게 몸이 이렇지? 근육이 생겨야 올바른 자세를 유지할 수 있고 소화, 호흡, 심장 박동, 체온 유지에도 좋지. 이제부터 운동에 진심을 다해봐."

축구장에서 헬스장으로 그 영역을 넓힌 큰아이는 균형과 스트레칭도 좋지만 좀 더 적극적으로 근력을 강화할 것을 권했다. 몸에 일어난 지진은 좀 더 강한 힘으로 끌어당겨야 제자리를 찾을 것이란다. 다른 일에는 뒷북인데 운동만큼은 전문가 수준에 얼리어답터다.

쭈뼛거리며 들어선 스포츠 센터에서는 진득한 땀 냄새가 풍겨왔다. 집에서 입던 옷을 입고 있는 나와 달리 스포츠 센터는 복장에

(스포츠 센터)

서부터 운동에 대한 진심이 느껴지는 사람들로 넘쳤다. 여유롭게 음악을 듣고 영상을 시청하거나 멍한 채로 있는 사람들도 있지만 이마에 푸른 힘줄을 잡으며 어린이 무게만 한 덤벨을 들고 어른 두어 명무게의 데드 리프트, 레그 프레스를 하고 있는 사람들을 보니 헤라클레스의 환생인가 싶다.

시꺼멓고 육중한 헬스 기구들은 보기만 해도 겁이 났지만, 러닝머신에 올라 몇 분 뛰니 정전기 난 옷이 온통 땀으로 젖을 만큼 땀구멍이 금세 열렸다. 느슨했던 몸이 팽팽해진다. 당장이라도 정지버튼을 누르고 싶지만 1분만 더, 5분만 더, 내 한계와 씨름을 벌이고나니 랫 풀 다운, 시티드 케이블 로우, 힙 어브덕션, 업도미널 크런치같은 운동기구와 마주 앉아도 자신감이 생긴다.

긴장한 어깨는 내려오고 그런 어깨를 받치고 있던 구부정한 허리가 펴지는 것 같다. 퇴화한 근육이 깨어나듯 심폐 소생되고 헝클어진 몸이 제자리를 찾으며 정렬 중이다.

스포츠 센터에서 헬스 기구들과 씨름하는 사이, 학교 후배가 어마어마한 소식을 전해왔다. 10킬로미터 마라톤을 완주했다는 것이다. 그녀는 조금 더 단련해서 하프 마라톤에도 도전하겠다는 의지를보였다.

'비도 주룩주룩 맞고 신호등 기다려가며 길도 잘못 들어서고, 그래도 꾸역꾸역 가니 완주하게 되더라'며 마라톤은 아무 기술도 장비도 필요 없고 무조건 달리면 된다고 했다.

차만 타고 다니던 후배가 구두에서 운동화로 갈아신고 정장에서 운동복으로 갈아입고 땅을 밟으며 뛰는 모습을 상상하니 경쟁심이 불타오른다. 헬스기구를 잡은 손에 불끈, 힘이 들어간다.

사실, 여자든 남자든 '병약미●'가 있는 캐릭터를 좋아했다. 베르테르●●의 영향인지 오스칼●●●때문인지는 모르겠다. 왠지 그런 사람들에게서는 '무해함'이, '예술가적 기질'이, 그리고 '남다른 감수성'이 느껴졌다. 희고 가느다란 손가락을 턱에 괴고 우수에 찬 눈빛으로 먼 곳을 응시하면 지켜줘야 할 것 같은, 숨어 있는 나의 선의까지 자극 받았다.

그런데 온 세계가 듣지도 보지도 못한 전염병을 겪고, 기후 변화로 시시때때로 가뭄과 홍수가 발생하고, 지진이 나고 화산이 폭발한다. 아파트 주차장이 무너져 내리고 길거리에서, 사는 동네에서 영문도 모른 채 잔인하게 살해당한다. 전쟁 역시 계속된다. 경제, 취

● '병약하다'의 어근인 '병약'과 아름다움을 뜻하는 한자 '미(美)'의 합성어다. '약하고 수척해 보여서 보호 본능을 자극하는 매력이 있다'는 뜻이다.
●● 독일의 소설가 괴테가 쓴 《젊은 베르테르의 슬픔》의 화자이다.
●●● 만화 〈베르사이유의 장미〉의 여주인공이다.

(스포츠 센터)

업, 교육의 문제처럼 잘 살고 못 살고의 문제가 아니라 삶의 물리적인 위협이 느껴지는 일이 무시로 일어난다. 여태 살아온 시절 중 가장 큰 위협을 느낀다. '나'는 사회나 국가가 아니라 내가 지켜야 한다는 절박함이 생긴다. 병약한 캐릭터로는 숨쉬기도 벅찬 시절이다.

위급한 상황에서 나는 과연 주먹을 뻗어 남을 칠 수 있는가. 물에 빠진다면 헤엄쳐 나올 수 있을까. 둔기로 위협을 당한다면 저항할 수 있을까? 거센 물에 휩쓸려 가지 않고 버텨낼 수 있을까? 삼단봉과 우산, 백팩을 챙기는 일만으로는 내 몸을 지킬 수 없으니 스스로 주먹을 쓰고 헤엄쳐 나오고 끝까지 저항할 수 있어야 한다. 길거리에서 살려달라고 큰소리조차 지르지 못하는 낮은 저항력으로는 마지막까지 살아남을 수 없다. 그렇다. 체력을 단련하는 모든 곳은 생존을 위한 보험과도 같은 공간이다. 일상에서의 안정과 건강, 생존에 필요한 기초체력을 미리미리 탄탄하게 쌓는다면 그 어떤 상황에서도 나를 지켜낼 수 있으리라.

"근육만 키워서는 안 돼. 이제는 공격력을 키울 때야. 공격이 바로 수비거든. 알아들어?"

무슨 일에든 특전사의 얼굴로 덤벼드는 큰아이는 지금 복싱에 푹 빠져 있다. 진화를 거듭하는 큰아이처럼 나 역시 언젠가는 무엇이든 막아내고 적을 공격할 것이다. 그래서 이 험한 세상에서 생존자가 될 것이다.

서래 집의 벽지처럼, 이웃집의 수족관처럼, 친구의 베
란다에 있는 화초들처럼 때로는 산의 인자함이, 때로
는 바다의 지혜로움이 필요한 게 사는 일의 굴곡 아닐
까 싶다.

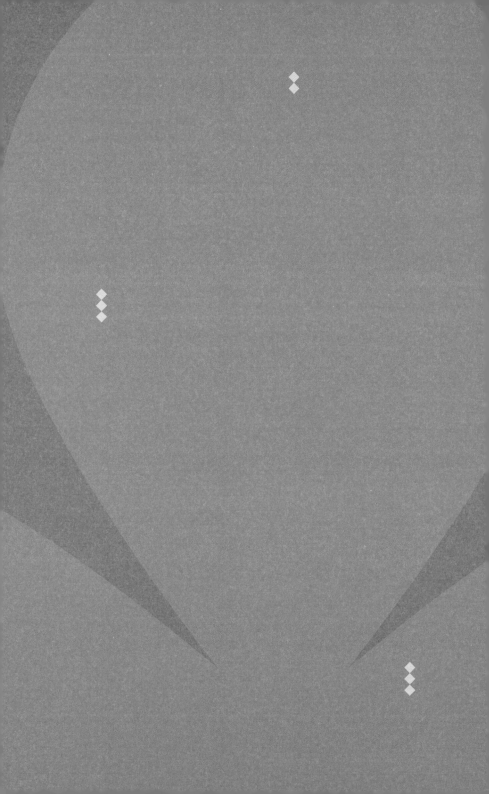

(5장)

살아온 날들,

그리고
살아갈 날들

20

(수선집)

추억이 깃든 물건을
오래도록 돌본다는 것

우리 동네에는 옷 수선집이 유독 많다.

집 근처를 걷다 보면 가게 규모는 작지만 '명품 수선', '옷 수선', '리폼'이 붙은 수선집을 쉽게 발견할 수 있다. 그중에 두세 곳을 단골로 이용하는데 인근 중학교 정문 옆의 수선집은 수선을 맡기면 웬만한 것은 두세 시간 만에 완성할 만큼 속도가 빠르다. 바지단뿐 아니라 엄마에게 물려받은 옷을 맡기기도 하는데 어깨 품을 줄이고 길이를 잘라내고 다트선을 줄이면 정말 뚝딱 새 옷이 되어 돌아온다. '명품 수선집'이라는 문구가 과대광고는 아닌 셈이다.

예전에 호텔 침구 공장을 운영했다는 수선집 여사장님은 일이 없을 때는 늘 무언가에 열중하고 있다. 슬쩍 노트북 화면을 보니 이런, 화면 속 영상은 드라마도 아니고 노래도 아니고 주식도 아니고, 부동산도 아니다. 바로 '함수' 강의 영상이다. 아니, 왜 수학을? 게다가 함수를? 왜 수학 공부를 하시냐는 질문에 웃으며 그저 심심해서 틀어놓은 거라고 하시는데 볼 때마다 수학 영상이다. 아니, 왜?

또 다른 수선집은 초등학교 앞의 작은 가게인데 수선할 옷이 늘 산더미처럼 쌓여 있다. 수선 기일과 연락처를 사장님만 아는 표식으로 적어두는 데 그러다 보니 똑같이 생긴 교복 수선은 제 것을 찾는데 꽤 많은 시간이 걸린다.

두 곳이 문을 닫았을 때 가는 다른 한 곳은 젊은 여사장님이 운영하는 곳으로 드나들 때마다 또래의 이웃들이 이야기꽃을 피우고 있어서 진한 커피 냄새가 가득하다. 이외에도 식물 카페 옆 낮은 슬레이트 지붕의 예쁜 수선집, 도서관 가는 길의 아담한 수선집도 눈길이 가는데 아직 고객의 이름을 올리지는 못했다.

수선집을 잘 이용하는 편이지만 그렇다고 단추 하나, 솔기 한 곳이 뜯어졌다고 바로 수선집으로 달려갈 만큼 손재주가 없지는 않다. 내 또래의 여자들은 '가정'을, 남자는 '기술'을 교과목으로 배웠다. 요리나 바느질을 이론 시험으로 보았고 학기 내내 홈질, 박음질, 감칠질, 공그르기 등 기본 손바느질과 뜨개질을 실습하며 마지막에 제출한 작품으로 최종 성적을 받았다. 전시회에 출품했던 기억도 있으니 솜씨가 아주 없지는 않았던 것 같다.

1970~80년대만 해도 가정집의 필수품 중 하나가 바로 재봉틀이었다. 페달 부분은 묵직한 주물로 되어 있고 상판을 뒤집으면 재봉틀이 되고 다시 돌리면 안으로 감쪽같이 숨는 신기한 구조였다. 반질반질한 검은 옻칠을 한 본체에는 금박 글씨가 박혀 있어서 고급스러움이 나무랄 데 없었다. 미적으로도 나쁘지 않은, 집 안의 몇 안 되는 자동화 기계였던 셈이다. 어릴 때 우리 형제자매들은 재봉틀 발판에 쪼그리고 앉아 있거나 엄마처럼 재봉틀 옆의 손잡이를 돌리다 페달을 밟으며 재봉하는 흉내를 냈다.

엄마는 그 재봉틀에 앉아 늘 무언가를 만들었다. 그것이 우리 형제자매의 옷이었는지, 장식장 덮개였는지, 커튼이었는지 기억나지 않지만 봄·가을에는 재봉질을, 겨울에는 아랫목에서 이불을 뒤집어쓰고 뜨개질을 했다. 그래서인지 우리 집 여자들은 대략의 바느질, 뜨개질은 어렵지 않게 해낸다. 바지단이나 허리 줄이기는 손쉽게 하는 편이고 원피스를 잘라 셔츠로 만들고 오래된 셔츠의 카라와 손목 솔기에 빨간색 스티치를 넣어 멋을 내 입기도 하고 후드티셔츠의 모자를 잘라 목둘레가 넉넉한 티셔츠로 만들어 입을 줄도 안다. 자매님들은 뜨개질로 크고 작은 손가방을 만들고, 니트 티를 뜨고,

클래식하고 패셔너블한 인형 옷도 뚝딱 만든다.

자매님들보다 솜씨는 모자라고 노화의 속도는 빠른 나는 이제 눈도, 어깨도 시원찮고 재봉틀로 드르륵 박으면 5분이면 끝날 것을 쭈그리고 앉아 몇 시간 동안 손바느질하기 버거워 솜씨 좋은 수선집에 의지하게 되었다.

작은아이가 패딩에 스카치 테이프를 잔뜩 붙이고 울상이 되어 돌아왔다. 학교 담벼락의 날카로운 부분에 새로 산 패딩이 찢어졌다는 것이다.

"걱정하지 마! 엄마가 원래대로 만들어올게. 기다려."

자신 있게 함수 수선집(원래의 이름이 있지만 이렇게 부르고 있다)으로 달려갔지만, 패딩은 기대와 달리 원상 복구되지는 않았다. 그런데 얼기설기 누빈 흔적이 또 일부러 만든 문양 같기도 해서 아이 표정이 나쁘지만은 않았다.

삼청동 카페에서 본 깨진 도자기가 떠올랐다. 멋스러운 찻집이었는데 탁자 위에는 깨진 도자기를 이어붙인 화분이 놓여 있었다. 깨진 자국 사이로 보이는 금빛이 본드는 아닌 것 같고, 묘하게 고급스러웠다.

"가게 열면서 비싸게 산 건데 제가 깨트렸어요. 얼마 전 배운

'긴쓰기金繼ぎ'로 복원시켜봤는데. 그릇으로 다시 쓰긴 그렇고 이렇게 화분으로 쓰고 있는데, 흉한가요?"

하얀 머리를 단정한 보브 컷으로 자른 카페 사장님은 화분을 요리조리 보며 이야기를 나누는 친구와 내게 다가와 말을 걸었다. 긴쓰기는 깨진 자리를 옻 접착제로 붙이고 이음매를 금가루로 메우는 방식이라고 했다.

"우리나라에서는 깨진 그릇을 안 좋게 보는데, 다른 나라에서는 이렇게 이어 붙인 그릇이 때로는 더 비싼 가격에 팔리기도 하고 예술작품으로 인정받기도 한대요. 좀 웃기죠?"

이어 붙이는 수고와 비용 대신 새것을 장만하는 것이 경제적일 만큼 그릇이고 옷이고 모두가 흔해 빠진 세상에, 상처 난 그릇이 거꾸로 비싼 가격에 팔린다니, 세상은 참 이상한 법칙들로 돌아간다.

어렸을 때 팔꿈치나 무릎 부분이 헤지면 동그란 모양의 천을 덧대어 입었다. 찢어진 부분을 누빈 후 패치를 덧대거나 다닝Darning 스티치를 해서 입으면 기능적으로도 개선이 되고 옷이 독특해져서 눈길이 갔다. 그렇게 입는 사람들이 많아지자 실제로 의류회사에서 팔꿈치나 무릎에 가죽 패치를 덧댄 옷을 내놓았고 현재까지도 롱런하는 디자인이 되었다.

수술까지는 필요 없지만 그대로 두면 벌어지거나 덧날 상처를 아물게 하는 마법의 연고와 밴드처럼, 아이의 패딩과 카페의 도자기

(수선집)

에는 까만색 실과, 금빛 옻칠의 연고와 밴드가 붙어 있는 셈이다.

아이는 다른 멀쩡한 패딩은 제쳐두고 겨우내 상처를 꿰맨 패딩만 입었다. 자신의 부주의로 흠집을 낸 옷에 대한 애틋한 마음 때문이었을까? 그 겨울, 수선집에서 건강한 모습을 되찾은 패딩은 작은아이와 함께 공동의 추억을 쌓았다.

"고칠 도구도 없고, 고치는 방법을 잘 모르니 그냥 버리는 거죠. 제가 공구 대여 사업을 좀 해볼까 하는데 어떻게 생각하세요? 잘 될까요?"

"글쎄다. 나는 잘 모르지만, 간단히 공구만 빌려주는 게 아니라 고치는 방법, 제작 방법도 가르쳐주면 좋겠지?"

회사 후배는 수년 전, 공구 대여 사업을 하겠다며 서울 외곽에 있는 큰 창고 몇 개를 알아보고 다녔다. 다들 아파트에 사니 차고가 따로 있는 것도 아니고 공구를 사고 싶어도 보관하고 사용할 곳이 없고 그렇다 보니 고칠 수 있는 물건, 만들어 쓸 수 있는 물건도 쉽게 버리고 사는 것이라고 했다. 널찍한 창고에 공구를 갖춰 놓으면 즐겁게 시간을 보낼 남자들이 많을 거라고, 공구는 남자들에게 로망이라며 이런 비즈니스 모델을 생각한 자신이 기특하다고까지 했다. 하긴, 우리나라에서 스티브 잡스가 나오지 않는 이유가 집집마다 차고

가 없어서라지 않은가. 우연히 하우징 브랜드 페어와 툴&세이프티 쇼에 간 적이 있는데 그곳에 전시된 공구는 문외한이 봐도 탐날 만큼 다양하고 막강해 보였다. 그런 공구들만 있으면 집도 짓고 아이언맨도 만들 수 있을 것 같았다.

그런데 에구머니나, 이를 어째. 동네를 산책하다 보니 주민센터 입구에, 주민이면 누구나 무료로 사용할 수 있는 공구 대여함이 떡하니 있는 게 아닌가. 그것도 반짝반짝 빛이 나는 새삥(새것이라는 의미와 새것처럼 상태가 좋은 중고 물품을 말하는 은어)으로 말이다. 후배의 근황을 들은 지 오래인데, 지금은 어떻게 지내고 있으려나 궁금하다.

후배의 말처럼 남자라면 톱질, 못질은 당연하고 간단한 전자제품 고치는 일은 식은 죽 먹기인 줄 알았는데, 망치, 펜치 잡는 손이 어색해도 그렇게 어색할 수가 없는 남자도 있다는 걸 결혼하고 나서야 알았다. 그래, 학교에서 '가정'을 배웠다고 바느질, 칼질을 잘하는 건 아니니까. 집 짓는 여자도 있고 십자수를 놓는 남자도 있으니까. 그런데 남학생, 여학생 구분하지 않고 '기술·가정' 통합 과목을 배운 우리 집 아들들은 왜 못질이고 바느질이고 아무것도 하지 못하는 건지. 고치려는 건지, 고장 내려는 건지 알 수 없는 우리 집 손들은 하지는 않으면서 늘 '할 상황이 되면 다 한다'고 큰소리친다.

'기술·가정' 시간에 이론 수업은 줄이고 고장 난 물건을 내 쓰임에 맞게 재탄생시키는 실용적인 수업을 받을 수는 없는 걸까? 집 안에 고장 난 곳을 고치고 그 결과를 제출하는 수행평가는 어떨까? 결국 부모의 몫이 되려나?

인간의 행복은 '강도'가 아니라 '빈도'라고 했다. 모든 쾌락은 쉽게 소멸하므로 한 번의 커다란 기쁨보다 여러 번 작은 기쁨을 느끼는 것이 행복을 유지하는 비법이다.

새 물건을 사는 강렬한 행복보다 새것처럼 고쳐서 쓰는 작은 만족감을 온 국민이 함께 누리려면 주민센터의 공구 대여 사업이 널리 알려져야겠고 예전처럼 재봉틀이 가가호호家家戶戶 필수 가전이 되면 좋겠다. 그리고 공공기관이 앞장서 각종 수선 프로그램을 국민 평생교육으로 운영하며 그 노하우를 전수하면 좋겠다. 지역단위로 '수선 대회'를 열어 실력을 견주고 활성화하는 것은 어떨지. 이런 일에 경험이 있는 중장년이 나선다면 여러모로 좋은 결과를 볼 수도 있겠다. 이 아이디어 역시 다음 선거 공약을 고민하는 정치인들께 무상으로 제공하겠다는 의사를 밝히는 바이다.

"좋은 동네에 사네. 생각해봐. 요즘 사람들, 그냥 버리고 새로 사지, 고쳐 쓰지 않잖아. 수선집이 많다는 건 사람들이 쉽게 버리지 않는다는 거고, 또 고쳐 쓸 의지가 있는 거니까."

친구는 내가 사는 곳을 좋은 동네라고 했다.

그러고 보니 내가 살고있는 동네는 옷 수선집뿐 아니라 구두 수선집, 가방 수선집, 가구 수선집에 예전에나 보던 전파사도 있고 컴퓨터 수리집도 꽤 많다. 주민센터 앞에서는 정기적으로 고장 난 우산도 고쳐준다.

시간이 지나면 물건도 낡기 마련이다. 추억이 깃든 물건들을 오래도록 돌봐주는 수선집이 즐비해 있다는 건, 우리 동네가 행복의 빈도가 높다는 증거다.

우리 동네 좋은 동네, 맞는 것 같다.

(수선집)

21

(**기차역**)

토끼처럼 빠르게,
거북이처럼 여유롭게

"춘천 가는 기차는 나를 데리고 가네. 오월의 내 사랑이 숨 쉬는 곳~."

1989년, 우리는 존재하지도 않은 내 사랑을 만나기 위해 청량리역 시계탑에 모였다. 청량리역 광장은 늘 사람들로 북적였다. 놀러 가서 먹을 음식들을 박스에 싣고 친구를 기다리는 학생들과 보자기 짐을 이고 지고 마중 나올 친척을 기다리는 사람들, 떡이나 고구마, 김밥 같은 것을 파는 행상들, 그 사이를 다니며 구걸을 하거나 차비가 부족하다면서 돈을 뺏는 남수꾼*까지 모두가 한데 섞여 있었다.

누군가를 기다리다가 출발시간이 늦어져 광장 왼쪽의 공중전화 부스를 지나 승강장까지 뛰는 사람들을 보는 것도 흔한 일이었다. 근처에 맘모스 백화점, 대형 시장이 있어서 늘 교통 정체가 발생했고 그래서 무리 중 한두 명은 반드시 늦었다. 경춘선 승강장은 가장 먼 곳에 있었다.

경춘선 기차는 MT Membership Training를 가는 학생들로 항상 북새통이었지만 대성리역을 지나면 그나마 좀 빈 자리를 찾아 앉을 수 있었다. 산도 있고 강도 있고 호수도 있는 낭만과 청춘의 도시 춘천에서 '오월의 내 사랑'은커녕, 밤새도록 마신 술의 토악질로 동태눈이 되어 청량리역 광장을 기어서 돌아왔지만, 춘천을 포함해 대성리, 청평, 가평, 강촌, 의암호, 소양호는 지명이 아닌, 20대 초반의 어느 시절로 양각되어 있다.

정찬의 코스요리처럼 대성리 MT와 춘천 여행을 마치고 나면 정동진 해돋이를 보는 것이 그 시절 허영의 절정이었다. 하루 두세 번 비둘기호가 오가는 것이 전부였던, 바다 옆 간이역 정동진역은 드라마 모래시계가 방영되면서 일약 스타역이 되었다. 대성리에서도 춘천에서도 함께였던 친구들과 정동진 바닷가에서 떠오르는 해

● 사람들에게 소액의 돈을 빌려 잠적하는 사람을 말한다. 기차역이나 버스 터미널 근처에 많았다.

를 보며 조폭 영화의 똘마니들처럼 '영원히 변치 말자'며 마음에 우정의 문신을 새겼다.

그 시절 청량리역은 강과 바다를 보러, 동쪽으로, 동쪽으로 향하는 우리들 마음의 양탄자가 되어주었다.

청동색 돔과 붉은 벽돌을 쌓아 올린 웅장한 서울역사, 그 꼭대기에 상징처럼 붙어 있는 커다란 시계, 파발마°가 보이면 가슴이 울렁였다. 청량리역을 오가던 우리는 좀 더 멀리, 부산이나 울산 앞바다를 보기 위해 서울역에서 모였다.

높은 빌딩에 둘러싸인 도심 한가운데의 역사는 어디론가 떠난다는 설렘을 더욱 증폭시켰다. 기차역은 일상에서 벗어나는 기분을 내기에 충분했고, 우리의 여정이 더욱 특별할 것임을 예고해주었다. 기차역에 닿는 그 순간부터 앞으로 펼쳐질 다양한 이야기가 기대되기도 했다.

서울역 주변에는 여행객만큼이나 노숙하는 이들이 많았다. 새침을 떨던 시절, 나는 노숙인들에게 잡히지 않으려고 몸을 말아 재빨리 역사로 뛰었다. 그러면서도 어떤 미안함과 안타까움에 자꾸 뒤를 돌아봤다.

어떤 이유로 저 사람들은 이곳 서울역에 있는 것일까? 추위와

● 1968년 10월 최종철 부역장이 국민 모두가 탑시계를 아끼고 사랑하자는 의미를 담아 지었다. '소식을 전한다'는 의미다.

더위를 피하고 화장실 문제를 해결하고 근처의 무료 급식소에서 허기를 해결할 수 있어서? 마음도 주머니 사정도 조금은 넉넉한 여행객들에게 도움을 청할 수 있어서? 아니, 어쩌면 어디로 가야 할지 몰라서, 무엇을 해야 할지 몰라서 잠시 역에 머무르려던 것이 그렇게 된 것은 아닐까. 언제든 돌아가려고, 돌아가고 싶어서 기차역에 둥지를 틀었을 것이다. 다만, 돌아가는 일이 조금 늦어지는 것이겠지. 몸을 말아 뛰면서도 한편으로는 갈 곳 없는 이들의 쉼터가 되어주는 이곳이 있어서 다행이라고 생각했다.

KTX, SRT 같은 고속 열차가 등장하기 전까지 기차는 새마을호, 무궁화호, 통일호, 비둘기호라는 이름을 달고 운행했다. 돈은 없고 남아도는 시간을 주체할 수 없던 시절에도 극복하기 어려운 열차가 있었는데, 바로 비둘기호다. 서울에서 부산까지 12시간이 걸렸으니 비행기를 타고 미국 서부를 가는 것과 별 차이가 없었다. 월남에 파병된 한국 군사 원조단인 비둘기 부대의 이름을 따서 지은 것이라는데 속도는 결단코 용맹하지 않았다.

"야, 비둘기가 새 중에서 제일 멍청하고 느린가 봐. 우리 중학교 교실 창문 옆에 비둘기 똥이 한 무더기였어. 아무 데서 아무거나 먹고 똥만 싸더니 이놈의 기차도 가도 가도 끝이 없네."

나는 이놈의 느려터진 기차에 화가 났다. 비둘기는 평화의 상징이라고 했는데, 도시의, 학교의 비둘기는 게으르고 나태하고 부주의했다. 무법자가 따로 없었다.

"아닐걸? 비둘기 지능이 우리보다 나을걸. 전쟁 때 통신용으로 활용됐다고 하잖아. 멀리 날고 귀소본능도 뛰어나다고 들은 것 같아."

친구는 비둘기 편을, 자다 깨다를 반복해도 제자리인 이 열차의 편을 들었다.

비둘기에 대한 오해는 오랜 시간이 지나 아이와 동물백과사전을 읽으며 풀렸다. 비둘기는 숫자 10까지 셀 수 있고, 왔던 길을 찾을 정도로 지능이 높으며, 최고 시속 112킬로미터로 날고 이 속력으로 하루 열 시간을 날아 1,000킬로미터밖까지 갈 수도 있다고 한다. 나보다 영민한 이 동물의 이름을 왜, 왜, 왜 그런 기차의 이름에 붙인 건가. 오해해서 미안하다. 비둘기야.

기실, 비둘기호만 그랬던 것도 아니다. 통일호도 부산까지 무려 아홉 시간이 걸렸다. 오랜 탑승시간 탓에 짓눌린 머리는 산발인 채로, 초죽음이 되어서야 부산역에 내렸다. 아직 통일되지 못한 이유가 이놈의 느려터진 기차 때문이라고 궁시렁 거렸다.

비둘기호는 역처럼 생긴 모든 곳에 정차했다. 그때마다 물건을 팔러 가는 소상인, 자식을 만나러 가는 어르신, 학교에 가는 학생들이 우르르 타고 내렸다. 지금은 전국 어디든 로켓의 속도로 물건이 배달되지만, 택배 산업이 발달하기 전까지는 역에서 물건을 부치고 받는 소화물 제도가 있었다. 비둘기호는 소화물 객차를 연결하여 각 역으로 짐을 날랐다.

열차에 비둘기 이름을 따서 지은 이유가 여기에 있었구나. 비둘기호가 세상 느린 건 도심지와 지방 곳곳으로 사람도, 물건도 날라 주기 때문이었구나. 교통에, 통신까지, 기특하기 짝이 없는 열차였다.

"승객 여러분. 저희 기차는 잠시 새마을호를 보내주기 위해 정차하겠습니다."

정차 시간은 약 1분 정도였다. 그 짧은 시간에 우리는 겁도 없이 승강장의 간이 분식집으로 뛰어가 우동을 들이마셨다. 더러 통일호, 무궁화호를 먼저 보내줘야 할 때는 조금 더 오래 정차하기도 했는데 우동에 후식까지 먹어도 시간이 남았다. 교통, 통신을 책임지는 일꾼에 양보의 인성까지 갖춘 열차라니, 느려터진 이유는 충분했다.

그렇더라도 화장실 얘기를 하지 않을 수 없다. 열차 이용객들이 많았던 만큼, 열차 칸 전체에서 비릿한 지린내가 진동을 했다. 화장실에는 '정차 중 사용을 금함'이라는 문구가 붙어 있었는데 그 이유가 오물을 모으는 것이 아니라 철길 위로 바로 떨어뜨리는 비산식

^{飛散式} 구조였기 때문이다.

친구는 간혹 철길 위의 예쁜 조약돌을 가져오곤 했는데 더럽지 않겠냐는 친구들의 걱정에 기차 속도가 엄청 빨라서 달리는 중에 오물이 거의 다 분해된다며 걱정하지 말라고 했다.

그런데 친구야. 비둘기호 최고 속력은 시속 110킬로미터였고 평균 7~80킬로미터 속도로 달렸으니 시속 300킬로미터가 넘는 KTX나 비행기라면 모를까, 고속 분해가 될 리가. 그런데 그때는 또 친구의 자신 있는 답변에 모두가 고개를 끄덕였다. 나중에 알게 된 바, 철도청에는 실제로 철로에 버려진 오물을 처리하는 부서가 있었다고 한다. 고속 분해가 아니라 일일이 사람의 손으로 치우고 씻어낸 것이다.

"치치, 쿵쿵, 치치, 쿵쿵."

AAA 배터리를 넣자 빨간색 아이리버 MP3 플레이어가 숨을 쉰다. 생명을 다한 줄 알았는데, 20년 전 아이의 목소리가 생생하게 재생된다.

큰아이는 어릴 때 기차 덕후였다. 말도 하지 못하는 아이가 기차만 보면 침을 튀기며 엔진소리를 냈다. 매일 퇴근 후 아이와 함께 지하철역에서 열차가 오고 가는 걸 보고 귀가하는 것이 일과였다.

기차 장난감을 종류별로 사는 것도 모자라 주말에는 철도 박물관을 찾아다녔다. 서부역 방향 중간 지점에 서면 정차한 기차들의 모습이 한눈에 들어왔는데 한참 서서 영국의 TV만화 〈토마스와 친구들〉의 에드워드, 헨리, 고든, 에밀리, 토비들과 대화를 하다가 돌아오기도 했다.

작은아이는 버스와 자동차를 좋아했다. TV만화 〈꼬마버스 타요〉의 모양을 한 버스를 보려고 길거리에서 어슬렁거렸고 마트에 변신 자동차 장난감이 입고되는 날에는 알람을 맞춰놓고 달려가 몇 시간씩 줄을 서서 샀다.

배우자는 기차와 버스, 자동차, 비행기 그 모두를 좋아한다. 그러니깐 우리 가족은 대체로 이동 수단에 진심인 편이다. 조선시대에 태어났다면 괴나리봇짐을 메고 높은 산의 고개를 넘어 다니며 대동여지도를 완성했을까? 15세기 포르투갈에서 태어났다면 세계를 일주하는 항해가가 되었을까? 어쨌든 멀리 가고, 높이 나는 누군가가 되었을지도 모른다.

"닭갈비 먹으려고 기차를 탄다고? 굳이? 동네에도 많은데?"

기차 덕후였던 큰아이와 버스, 자동차 덕후였던 작은아이는 이제 더 이상 탈 것에 큰 관심이 없지만 여전히 기차, 버스, 자동차, 비행기 등 '타는 것'에 관심이 많은 아빠의 설득에 마지못해 일어나며 툴툴거렸다.

　　　　　　　　　　　　　　　(기차역)

서울에는 춘천 닭갈비, 양평 해장국, 나주 곰탕 등 전국의 모든 원조가 다 있으니까. 슬리퍼만 신고 나가도 원조의 맛을 뽐내는 해장국, 곰탕이 천지인데 닭갈비 먹으러 춘천에, 그것도 기차를 타고 가는 경우는 흔치 않지만, 사실 궁금했다. 춘천 가는 기차는 어떻게 변해 있을지.

청량리역에서 출발했던 '춘천 가는 기차'는 이제 'ITX-청춘'이라는 로고를 달고 용산에서 출발해 28개의 역을 거쳐 춘천에 정차한다. '내 사랑'을 찾아 떠나던 시절과는 달라도 너무 달랐다. 특유의 지린내도 없고 입석으로 서서 가는 청춘남녀도 볼 수 없다. 열차는 여전히 눈코입 모양의 사람 얼굴을 하고 우리를 반겼지만 어쩐지 예전보다 점잖아진 듯하다. 기차는 자다 깨다를 반복해도 제자리였던 비둘기호와 달리 시속 180킬로미터의 빠른 속도로 철도를 달렸다. 하지만 덜커덩거리는 기차 바퀴 소리, 차창을 비껴가는 풍경, 유리창에 비친 우리의 모습, 타고 내리는 승객들의 모습에는 여전히 어떤 파동이 일렁인다.

한 시간도 안 되어 춘천에 도착했고 춘천 명동에서 닭갈비를 먹고 호떡, 핫도그, 뽑기 하나씩 들고 다시 서울행 기차를 탔다. 토끼처럼 빠르지만 또 거북이처럼 여유로운 하루를 보냈다.

상봉역, 용산역, 청량리역, 서울역은 이제 백화점, 복합 쇼핑몰, 영화관 등이 자리를 잡았고 역 주변에는 '○○대학교 ○○학과 여기 모여라!'고 쓴 대자보도 없어졌고 기차를 구경하려고 온 아이도 없다. 상급 열차를 보낸다고 잠시 정차하는 기차도 없고 막간을 이용해 우동을 먹을 일은 더욱이 없다.

정동진을 다녀온 지 30년 만에 다시 해돋이를 보기 위해 정동진행 열차를 예매했다. 결국 폭설과 지진 소식에 열차표를 취소했지만 이제 우리는 곰탕 먹으러 나주행 기차를, 돼지국밥 먹으러 부산행 기차를, 빵과 곶감을 사러 경주행, 상주행 기차를 탈 수도 있을 것 같다.

기차 타러 가는 길, 기차역 풍경, 타고 내리는 승객들, 그 모든 풍경을 느릿하게 새기는 동안 발 빨라진 기차가 칙칙폭폭 기차놀이를 하듯 우리를 그곳에 내려줄테니. 토끼처럼 빠르고 거북이처럼 여유롭게 말이다.

#22

(　복권 판매소　)

매주 판타지와
설렘을 삽니다

　며칠 동안 별의별 요상한 꿈을 연달아 꾸었다. 화장실의 그것
이 계속 넘치더니 다음 날은 집에서 벌레가 기어 나오고, 그 다음 날
은 돼지를 봤고, 그 다음다음 날은 내가 무참히 죽었다. 기분이 영 좋
지 않았지만 꿈 해몽을 찾아보니 큰돈이 들어오거나 하던 일이 크게
될 꿈이라고 했다. 이렇게 연속으로 길몽을 꿀 수가 있나. 비실 웃음
이 났지만, 며칠 동안 묵언 수행을 하다 해거름 할 때 조용히 복권 판
매소로 향했다.

　즉석복권이나 연금복권을 선호하는 편이지만(즉석복권은 그 자

리에서 결과를 확인하는 맛이 있고 연금복권은 매달 연금을 받는 것이니 로또처럼 인생 역전의 위험이 없을 것 같아서다) 그날은 로또를 사기로 했다.

복권 판매소에는 서너 명의 또래들이 OMR 카드에 얼굴을 파묻고 심각하고 진지한 얼굴을 하고 있었다. 그들처럼 직접 숫자를 선택하려니 뭔가 우주의 기운을 잘라 먹는 것 같아 자동기계로 툭 두 장을 받아 들었다. 숫자 선택에 공을 들이는 또래들을 뒤로 하고 다소 거만한 표정을 지으며 판매소를 나섰다.

'음, 그래봤자 안 될걸? 이번엔 나야 나. 바로 나라고.'

주말까지 기다려야 하는 게 애가 탔지만 어떤 확신이 서니 여유까지 생겼다. 당첨되면 그 돈으로 뭘 하지? 아, 뭘 할까?

드디어 주말이다. 마음 같아서는 숫자 하나하나를 확인하며 극적인 환희를 느끼고 싶었지만, 짧고 굵게 염력을 불어 넣은 후 QR 코드를 찍었다. 아, 이럴 수가. 결과는 모두 꽝이다. 5등도 아니고 4등도 아니고 '아쉽게도 낙첨되었습니다'였다.

그렇다면 똥과 벌레, 돼지, 나의 죽음은 무엇이었더냐. 왜 마블 영화처럼 시리즈로 나온 게냐. 꿈 주제에 기승전결과 클라이맥스의 구성은 왜 갖췄던 것이냐.

(복권 판매소)

아버지 지갑에도 늘 복권이 있었다.

요행을 바라면 안 된다고 입버릇처럼 말씀하셨으면서도 왜 복권만큼은 꾸준히 구매하시는지 이해가 가지 않았다. 아빠는 일요일 오전, TV에서 복권 추첨 방송●의 시그널이 울리면 황급히 지갑에서 복권을 꺼내 들고 TV 앞에 앉았다. 복권의 숫자가 조 단위부터 틀릴 때는 일찌감치 자리를 뜨기도 했지만 어쩌다 중간 자리까지 맞을 때면 앉은 자리에서 미동도 하지 않았다.

복권 추첨 방송은 가수나 코미디언들이 나와 노래도 하고 콩트도 해서 어른들뿐 아니라 아이들까지 온 가족이 함께 시청했다. 조 단위 추첨하고 노래하고, 천만 단위 추첨하고 콩트하는 식이어서 QR코드로 1~2초 만에 그 결과를 확인하는 지금과 달리 심장의 쫄깃함이 컸다.

추첨 번호 하나도 아주 귀하게 만들어졌다. 초창기에는 실제 궁사들이 나와서 뱅글뱅글 돌아가는 번호판에 대고 직접 화살을 쏘았다. 그러다 유리통 안에서 어지럽게 돌던 공들이 또르르 굴러 나오면 모델이 그 공을 들고 웃고 카메라가 클로즈업 하는 방식으로 바뀌었다가 그 이후에는 버튼을 누르면 기계가 자동으로 화살을 쏘

● 주택복권과 올림픽복권의 추첨은 2005년까지 TV를 통해 매주 일요일 낮 생방송으로 중계되었다.

는 방식이 되었다.

"준비하시고~ 쏘세요! 팟!!" 하는 소리에 얼마나 심장이 두근거렸는지. 바닥에 여러 장의 복권을 펼쳐 놓고 가족 모두 목을 길게 빼고 숫자 하나하나에 환호하고 탄식했다.

복권의 가격은 오백 원 정도였던 것으로 기억한다. 엄마는 '꽝'을 확인할 때마다 그 돈으로 과자나 과일을 사지, 왜 복권을 사 오느냐 했지만 구매를 적극 만류하지도 않았던 점에서 공범에 가까웠다. 당시 당첨금은 천만 원, 팔백만 원, 오백만 원, 삼백만 원 정도•였는데 서울에 집을 살 만큼 큰돈이라고 했다.

"엄마, 우리는 주택에서 사는데 왜 아빠는 주택복권을 사?"

나는 '주택'에서 사는 우리가 왜 주택복권을 사는지 궁금했다.

"당첨되어서 아랫집 세놓은 거 빼주고 아파트로 이사 가면 좋으니깐."

엄마의 대답에도 어린 나의 궁금증은 풀리지 않았다. 그러면 '아파트 복권'을 사야 하는 거 아닌가 말이다. 그리고 한참이 지나 우리는 결국 아파트로 이사했는데 그건 복권 때문이 아니라 '융자'의 힘이었다고 엄마가 말해주었다. 그럼에도 주택복권은 그 후로도 오랫동안 아빠의 지갑을 지켰다.

• 1969년 한국주택은행이 발행한 주택복권의 1등 당첨금은 3백만 원, 1978년에는 천만 원, 1983년에는 1억 원이었다.

(복권 판매소)

$$\blacklozenge\blacklozenge\blacklozenge$$

"야. 그게 되겠냐. 왜 안 하던 짓 하냐? 복권은 수학 못 하는 사람들이 내는 세금이야."

수학을 전공한 친구는 복권의 1등 당첨 확률이 814만 5천 어쩌고저쩌고 분의 1이라며 수식이 어찌어찌 된다고 읊었다.

"알지. 그러니깐 이 숫자가 하루에 번개를 세 번 맞고 달리는 트럭에 치인 후에 지나가던 방울뱀에 물려도 죽지 않을 확률이라는 거잖아."

친구야. 하지만 화살이 날아가는 순간, 공이 또르르 흘러내리는 순간 아버지는 확률이 아닌 판타지를 기다렸을 거야. 아버지가 과자가 아니라, 귤이 아니라 복권 몇 장을 두툼히 사신 이유를 나는 이제 좀 알 것 같은데. 엄마는 '아빠가 산 복권 값만 합쳐도 아파트 한 채를 샀겠다'고 과장했지만 그럴 리가.

이제 아흔을 바라보는 아버지는 더 이상 복권을 사지 않지만 '저 돈이면 과자 종합 선물 세트를 살 수 있을 텐데'하고 생각했던 내가 대신 복권을 산다. 복권 판매소는 아주 잠깐이지만 아버지가 기다렸던 그 판타지 안으로 나를 밀어 넣어준다. 1~45까지 숫자 중이번 로또 종이에 적힌 여섯 개의 숫자가 과연 마법을 부려줄까?

작은아이에게 즉석복권을 사주며 물었다.

"넌 이거 되면 뭐 하고 싶어?"

"난 포르쉐나 람보르기니, 부가티, 또….'"

두 눈을 허공에 뜨고 생각에 골몰하는 아이 대신 옆에 있던 배우자가 답했다.

"엄마는?"

"글쎄, 엄마는 잘 모르겠지만 농사지을 땅? 전원주택? 동유럽 여행이나 세계 고대 유적지 여행? 아니면 그 전부?"

말은 그렇게 했지만 사실, 잘 모르겠다. 행운의 여신 티케를 만난다면 뭘 사달라고 졸라야 하나? 뭘 하고 싶다고 할까? 그 말은, 곧 '지금 넌 뭘 못하고, 못 사고 있니?'와 같은 말이다. 부족한 게 없는 것도 아닌데 당장 떠오르는 것이 없다. 기사를 찾아보니 이번 달만 1등이 7명이고 당첨 금액이 38억씩이라는데● 그 사람들은 과연 그 돈으로 뭘 했을까?

복권에 당첨되면 아빠에게는 좋은 차를 사드리고, 엄마에게는 전원주택을 사주고 싶다는 작은아이는 아직 부모의 세계 안에 있다. 그 큰 행운을 부모에게 쓰겠다니 말이다.

생각해본다. 나는 왜 로또를 살까? 땅 있는 집으로 이사 가고 싶어서? 안락한 노후를 위해서? 아이들에게 편안한 미래를 주고 싶어서? 아니면 그 모두 다? 생각만으로도 현기증이 나는데 로또는 그

●　　2023년 4월의 일이다.

235

모든 걸 다 해낼 만큼 강력하니 '로또'이겠지.

사는 일이 간혹 모자라지만 견디지 못할 정도는 아닌데 로또에 당첨되면 너무 큰 행운을 당겨 쓴 탓에 로또 당첨의 행운을 뺀 나머지가 온통 불행으로 변하는 건 아닐까, 원래 큰 행운은 그렇다지 않은가.

"부장님, 우리나라에서 38억 원은 세금 떼고 뭐하면 얼마 안 되는데 미국 로또는 1등이 2조 원이 넘어요. 사려면 미국 로또를 사야죠."

회사 후배는 미국 복권을 직구로 산다고 했다. 미국 로또를 어떻게 사는지도 모르지만 우리나라 로또 당첨금이 세금 떼고 나면 얼마 안 된다니. 왜 사람들은 로또 앞에서는 말도 안 되게 호방해지는 걸까? 천지개벽할 정도의 행운이 아니면 '운' 축에도 끼지 못하는 세상이어서 그렇겠지.

캐나다에서 89세의 노인이 60억 원이 넘는 로또에 당첨되었다는 기사를 읽은 적이 있다. 그는 무려 50여 년 동안 같은 번호로만 로또를 샀다고 한다. 행운이라는 건 그 정도 정성을 들여야 오는 거지, 아무 때고 오는 게 아닌 거다. 음, 가만있어 보자. 이제 2~3년 되었으니 백 살까지 꾸준히만 한다면 천지개벽도 가능하겠다.

✚✚✚

저녁 무렵, 배우자가 복권을 사러 가자고 한다.

"이번엔 좀 과학적으로 해봤어."

무슨 말인가 했더니 챗GPT인 Open AI에게 "로또에 당첨될 것 같은 번호를 알려줘"라고 말을 걸었다는 거다. 그런데 이 녀석이 로또 숫자는 알려줄 수 없다고 답했다고 한다. 대신 마음에 드는 숫자 여섯 개를 불러 달라고 해 그 숫자로 로또를 샀고 결과는 역시나 꽝이었다.

"쳇, 이거 뭐야. 챗GPT가 아니고 그냥 '쳇'이네."

로또는 꿈으로도 안 되고 인공지능으로도 안 되는 거였다. 그 엄청난 걸 해낸 사람들은 도대체 어떤 기운을 느꼈을까? 지금 어떻게 살고 있을까 궁금하긴 하다.

현재 우리나라에서 로또는 1,000회 이상 추첨했고 초창기를 제외하고는 거의 모든 회차●에서 복수의 당첨자가 나왔다는데 그렇다면 1등 당첨자가 최소한 수천 명이 된다는 이야기다. 인구가 적은 농어촌보다는 도시에서 구매자가 많을 것이고 그렇다면 같은 동네

● 로또는 2002년 12월 7일 처음 추첨이 시작된 이래, 2022년 11월 26일을 기준으로 총 1,000회 이상의 추첨이 이루어졌다. 로또 1등에 당첨된 사람은 누적 8,000명에 달한다고 한다(출처 : 나무위키).

(복권 판매소)

나 옆 동네 포함해서 당첨자가 1~2명씩은 살고 있어야 하는 게 맞는데, 왜 나의 주변에는, 사돈의 팔촌도, 팔촌의 사돈도 당첨자를 찾아볼 수 없을까?

혹시 같은 시간에 일어나 똑같은 얼굴로 출근하는 이웃이나 동료, 동네 식당 사장님이 그 장본인은 아닐까? 가끔 이유 없이 한턱을 쏘거나 별안간 커피나 홍삼 쿠폰을 날리는 사람, 바로 그 사람이 범인이 아닐까? 커다란 행운을 잘게 쪼개서 플렉스하고 있는 사람들, 그렇다면 행운의 주인공은 이웃인 것도 같고 동료인 것도 같고 친구인 것도 같고 식당 사장님인 것도 같고 어찌 보면 나일 수도 있겠다.

강연에 갈 때 잊지 않고 준비하는 것이 바로 복권이다. 로또, 연금복권, 즉석복권 등 그날의 기분에 따라, 좋은 기운이 드는 걸로 고른다.

얼음과 석유를 같이 판매, 배달하는 가게 옆의 허름한 복권 판매소에 들어섰다. 아이스크림도 팔고 담배도 팔던 구멍가게였는데 요즘은 복권만 취급한다. 복권 판매소 사장님은 종류별로 복권을 사는 내게 말했다.

"아이고, 뭘 이렇게 종류별로 사? 하긴, 복권은 잠깐의 설렘이지. 종류가 다양하면 더 좋지."

아, 그래. 아버지는 판타지를, 나는 설렘을 사고 있구나. 아이스크림(아이스크림 '설레임'을 말한다)보다는 큰 금액이지만 잘하면 판타지가 될 수도 있으니 다른 화학적 설렘을 제공하는 것들보다 나쁘지 않은 선택이다.

'작가님, 강연 감사합니다. 복권은 꽝인데요. 이거, 기념으로 앨범에 넣어두려고요.'

짧은 문자에 나는 한 번 더 크게 설렜다.

나는 앞으로도 쭉 복권을 사야겠다. 확률을, 설렘을, 그리고 마침내 판타지를 만들겠다.

#23

(　공공도서관　)

독을 빼내고
부끄러움을 채웁니다

　　삼청동이라고 해야 할지, 북촌이라고 해야 할지, 안국동이라고 해야 할지. 그 지명들이 이리저리 섞여 기억되는 곳에 정독도서관이 있다. 중학생이었던 나는 인근 여고를 다녔던 자매님들을 따라 처음으로 정독도서관에 갔다.

　　언니, 오빠들은 약속이나 한 듯 책상 위에 초록색 표지의 《성문종합영어》와 주황색 글씨의 《수학의 정석》을 펴놓고 있었다. 그러나 책만 펴놓았을 뿐, 모나미 볼펜을 돌리며 책갈피에 그림을 그리거나 서넛이 앉아 키득대거나 10분이 멀다 하고 자리를 들락거렸

다. 우리 자매들도 등산 가방처럼 짊어지고 온 책들을 꺼낸 지 30분
만에 자리를 박차고 일어났다.

"야, 우동 먹으러 가자."

정독도서관 구내식당의 우동은 통통한 면에 따뜻한 국물을 붓
고 커다란 단무지 하나를 올린 다음 파와 고춧가루를 뿌려주는 게
전부였다. 뜨끈한 국물에 담겨 야들야들해진 단무지를 한 입 깨무니
입맛이 확 돌았다. 단무지의 풍미가 적당히 배어난 국물은 어찌나
짭조름한지, 눈 깜짝할 사이에 우동 한 그릇을 비우고도 자매님들의
몫을 더 받아냈다.

그러고 나서 등나무 아래에서 깜빡 졸았을 뿐인데 금세 집에
갈 시간이 되었다. 그 후로도 나는 우동을 먹으러 도서관에 갔고 늘
비슷한 방식으로 시간을 채우고 집에 왔다.

40년 만에 다시 정독도서관을 찾았다. 조선 후기 화가인 겸재
정선이 정독도서관 정원 위치에서 그린 그림이 바로 〈인왕제색도〉
인데, 탁 트인 시야로 인왕산과 멀리 남산까지 한눈에 들어왔다. 선
비가 학업을 닦기에 이만한 풍광이 없겠다. 마당의 등나무●는 그때
그 시절처럼 변함없이 보라빛, 분홍빛 꽃을 피우며 진한 향을 뿜어
내고 있었다. 과연 학문하는 자에게 제격인 곳이다. 박물관도 아니

●　　정독도서관은 1977년 1월 4일 경기고등학교 건물을 인수해 개관했다. 예전 중고등학
교에는 등나무가 많았다.

（　공공도서관　）

고 기념관도 아니고 왜 도서관이 이곳에 자리를 차지하고 있는지 알 것 같았다.

우동을 팔던 구내식당에는 '소담정'이라는 이름의 간판이 붙어 있었다. 우동 이외에도 김치찌개, 된장찌개, 볶음밥, 백반 등의 음식을 팔았지만 넓은 홀과 옛날식 나무 식탁은 예전과 크게 다르지 않았다. 도서관 정문을 들어설 때부터 느껴지는 익숙함은 등나무 꽃향기가 아니라 바로 이 '독우동' 냄새 때문이었을까. 냉큼 자리를 차지하고 한 그릇을 받았지만 아쉽게도 추억의 맛을 이기지는 못했다(나는 정독도서관 우동을 '독우동'이라고 불렀는데 정독의 '독讀'이기도 하고 공부에 '독毒'이 된다는 의미기도 했다).

다시 도서관에 걸음하게 된 건 회사를 그만둔 10년 전부터다. 세상의 '일'이 곧 '책'이고, 사람들의 눈과 입이 백과사전이자 명심보감이라는 생각으로 살았는데 21년 직장생활 동안 세상을 사는 지혜도 얻었지만, 불필요한 독毒까지 함께 흡수해버렸다. 그렇게 해서 생긴 몸의 독은 다행히 병원에서 꺼냈고, 다음에 마음의 독을 빼내려고 찾은 곳이 바로 도서관이다.

동네의 공공도서관은 도보로 20분 남짓한 곳에 있다. 걸으면 여름에는 적당히 땀이 배어나고 겨울에는 살짝 한기가 느껴지는 거리다. 가는 길에는 철물점, 우유 대리점, 꽃집, 백반집 등의 가게가 열을 지어 있는데 자동차 수리점 앞바닥에 누워 게슴츠레 눈을 뜨고 있는 개와 눈이 마주치면 정확히 반쯤 걸어온 것이다. 모퉁이를 돌면 큰 길이 나타나는데 땀을 흘리며 뛰어오는 청년, 어린이집 가방을 멘 어르신, 건물 입구를 청소하는 상인들을 마주친다.

꽃가루, 햇빛, 바람, 낙엽, 눈 등 도서관 가는 길에는 봄, 여름, 가을, 겨울이 웅크리고 있다. 그렇게 아침 풍경을 몰고 도서관에 들어서면 거리에서 마주친 사람들처럼 하루를 잘 보내겠다는 결심이 선다. 발가락, 손가락에 힘이 들어간다.

이른 시간이지만 도서관은 이미 사람들로 넘친다. 어렵게 자리를 하나 차지하고 앉으면 밖에서는 안으로 들어올 수 없는, 안에서는 밖의 사정에 상관하지 않아도 되는 커다란 보호막이 생기는 것 같다. 나는 개인적이면서도 개방된 이 공간에서 커다란 자유를 느낀다. 내가 도서관 방문을 즐겨하는 이유이기도 하다. 이곳에서 책을 읽는 그 순간만큼은 온전히 혼자만의 세계에 몰입할 수 있다. 그 안전한 곳에서 이 책 저 책을 넘기다 보면 조각난 생각은 하나로 그러모아지고, 또 너무 크게 뭉쳐 있던 마음은 얇고 넓게 펴진다.

더러는 세상이 놓은 독침을 뽑으러 갔다가 내가 쏜 독침에 중독되기도 한다. 어떤 책과 문장에는 갈고리가 있어서 매끄럽게 통과

하지 못하면 이리 걸리고 저리 걸리고 마는데 덜커덕, 일단 걸리면 빠져나오기가 쉽지 않다. 도저히 닿을 수 없어서 마땅한 존경심으로 끝나는 책도 있지만 자괴감을 긁는 책도 있고 질투심을 볶아대는 책도 있다. 또 어떤 책은 기막히게 매력적이지만 타인을 대하는 시선이 몹시 이기적이어서 화를 돋우고 어떤 책은 지나치게 위험한 주장을 하고 어떤 책은 듣기만 해도 섬뜩한 경험을 너무 덤덤하게 풀어놓아 읽는 것만으로도 마음이 아리다.

'내가 이런 것도 몰랐었나, 나는 왜 같은 걸 보고도 이렇게 느끼지 못하나, 나는 왜 이렇게 쓰지 못하나.'

이런 감정이 밀려오면 책을 덮고 조용히 도서관을 나서야 한다.

사람은 배가 고프면 예민해지는 법. 도서관 맞은편 분식집에 들어가 우동을 시키고 단무지를 국물 제일 아래에 담근다. 단무지가 배어난 뜨끈한 국물을 한입 넘기면 후드득 마음이 다시 뜨거워진다. 그리고 조용히 타이른다. 책에는 세상의 과거와 현재가 있고 다른 이들의 추억과 의견이 있고 또 다른 책으로 넘어갈 징검다리까지 있으니 이 얼마나 고마운 친구인가 하고 말이다.

미국의 사상가 겸 시인인 랄프 왈도 에머슨도 도서관을 '마법의 방'이라 하지 않았나. 인류 최고의 영혼들이 마법에 걸린 채로 갇혀 있으며, 벙어리 상태에서 벗어나기 위해 우리를 기다린다고. 그러니 그 지혜로운 친구와 싸우지 말고 즐거운 마음으로 잘 지내보자고 말이다. 배가 부르고 몸이 따뜻해지니 억지 충고도 필요 없다. 다시 몸이 꼿꼿해지며 어깨가 펴진다.

사실, '독우동'이라고 불렀던 정독도서관의 우동은 학업을 방해한 독이 아니라 학교에서 지친 마음의 독을 빼주는 '해독 우동'이 아니었을까. 꽃이 피고 단풍이 지고 눈이 내리는 주말 정독도서관에서의 시간은 소풍 같았고 우동 한 그릇에 온천에 몸을 담근 듯 평온함을 느꼈으니 해독解毒이 틀림없었다.

회식하는 날, 술자리 1, 2차에 노래방을 거치고 마지막으로 향했던 곳도 우동집이었다. 쫄깃한 찹쌀 면발에 유부와 쑥갓, 김가루가 뿌려진, 정독도서관 우동의 프리미엄 버전이었는데 취기에 세 그릇까지 완동하는 기염을 토하기도 했다. 덕분에 술독에, 탄수화물 독까지 올라 며칠 고생했지만 우동까지가 모든 회식의 완성이었고 덕분에 불같은 마음을 내려놓고 다시 출근할 수 있었다.

✦✦✦

우동 이야기가 나온 김에, 아니, 도서관 이야기가 나온 김에 우리 동네 도서관에 대한 자랑 몇 가지를 해보려 한다.

첫째, 도서관에 들어서면 좋은 냄새가 난다.

●　우동의 면과 국물을 다 먹는 것을 '완동', 냉면의 면과 국물을 다 먹는 것을 '완냉'이라고 한다.

（　공공도서관　）

요즘 어느 도서관이든 커피숍이 있는데 커피 향이 섞인 책 냄새는 더할 나위 없이 좋다. 또, 사람 냄새다. 도서관에 진한 화장을 하고 요란한 차림으로 오는 사람은 없다. 며칠 동안 씻지 않은 모습으로 오는 사람도 없다. 이른 시간, 단정하게 씻고 도서관에 자리를 잡는 사람들이 대부분이라, 남녀노소 모두에게서 비누와 샴푸 향이 난다. 코끝으로 전해오는 그런 향들 안에 앉아 있으면 안온해진다. 그런 사람들은 걸을 때도 뒤꿈치를 들고 걷고 의자를 뺄 때도 조심스럽다.

둘째, 도서관의 독서대와 조명이다.

도서관 독서대는 집에 있는 독서대와 다르게 페이지 고정핀이 말랑한 실리콘으로 되어 있어서 책의 어떤 중간 가름에도 부드럽게 책을 잡아준다. 높은 천장에서 내리꽂히는 조명은 노안의 시름을 덜어준다. 그런 조명 아래서 독서대에 책을 걸치고 너른 창 앞 독서 공간에 앉아 있으면 그런 나에게 내가 취해서 읽는 속도도, 집중도도 높아진다. 그 옛날, 정독도서관에도 이런 독서대가 있었다면 언니, 오빠들의 들락거림이 좀 덜 했으려나.

셋째, 산책과 '도멍'(도서관에서 '멍 때리기'를 말한다)이다.

층별로 오르내리며 책꽂이 사이를 오가고 게시판의 정보를 두루 읽으며 서성이는 것도 좋지만 옥상이나 야외에 꾸며진 정원에서 햇살을 받는 건 호사에 가깝다. 우리 구에 있는 총 7개의 도서관은 한강 옆에도 있고 산 밑에도 있고 지하철역 옆에도 있고 골목 사이에도 있다. 그 나름의 특성에 맞게 옥상 정원이 있는가 하면 등산로도 있고 야외 정원도 기가 막히다. 그런 곳에 앉아 멍을 때리고 있으면 도서관 책 속의 활자들이 자유롭게 날아와 머리에 박히는 것 같고 온몸에 에너지가 꽉 찬다.

마지막으로 코로나 시절, 온종일 가족을 돌봐야 했던 나를 돌봐준 건 바로 이 도서관의 미술, 음악, 철학, 역사, 금융, 기술 등의 비대면 인문학 프로그램이었다. 실력 있는 강사들도 좋았지만 명사들보다 더 해박한 지식과 호기심을 가진 동네 주민들의 채팅방 질문을 보면서 어찌나 놀라웠는지. 한번은 강사의 요청에 모두가 비디오를 켠 적이 있는데 20대부터 70대까지 그 연령대가 너무도 다양해서 깜짝 놀랐다.

앞으로는 도서관 주관의 지역축제도 열리고 장도 서고 '이게 도서관 이벤트라고?' 할 만큼 다소 거창한 상품이 걸린 행사가 진행되어도 좋겠다. 도서관 사서가 지역 통반을 담당하며 좋은 책을 추천하고 독서 모임도 주관하는 날이 온다면 더할 나위 없이 좋겠지만. 아, 그렇다면 지방세를 더 내야 하나? 그건 좀 걱정이다.

'누가 빌려 갔던 책인지, 좀 닦고 반납하지.'
도서관에서 빌린 책이 커피 얼룩으로 온통 지저분했다. 책날

(공공도서관)

개뿐 아니라 책장 사이사이까지 진득하게 엉겨 붙어서 한 장씩 넘기며 떨어뜨려야 겨우 읽을 수 있었다. 책 자판기에서 빌린 책에도 같은 모양새의 커피 흔적이 발견되었다. 두 권의 저자가 같았으니 저자의 팬이 동시에 빌렸고 어쩌다 커피 사고를 당한 모양이다. 그런데, 책 두 권이나 이런 상태로 반납하다니.

예전 도서관에는 수기로 작성하는 대출 카드라는 게 있었다. 책 마지막 장 날개에 봉투처럼 만들어진 곳에 쏙 들어가는 카드로 책을 누가 언제 빌렸고 반납했는지가 기록되어 있었다. 내가 빌린 책을 누가 언제 얼마나 오랫동안 읽었는지를 보는 것도 묘한 느낌을 주어서 소설이나 영화의 소재로 많이 활용되었다. 예전처럼 책에 대출증이 붙어 있었으면 어떤 이름을 가진 사람인지 알 수도 있으련만. 그랬다면 대출자 역시 물티슈로 잘 닦아 반납하는 정성을 들였으려나.

책에서 읽은 것을 오래 기억하지도, 끝까지 읽지도 못해서 읽은 책을 또 빌리고 가끔 연체도 하는 불량 독자이지만 내게 다정한 모습으로 온 책들이 건강한 모습으로 돌아가 나 다음의 독자에게 지식, 감성, 상상 등을 퍼 날랐으면 좋겠다.

그래서 도서관의 책을 읽으면서부터는 책날개를 이용해 읽던 곳을 표시해두는 버릇이나(도서관 책들은 이런 것을 방지하기 위해 책날개가 모두 붙어 있다) 책 읽은 곳을 기억하기 위해 책을 갈라 뒤집어엎어두는 습관도 고쳤다. 도서관에서 준 책갈피를 이용하지만 자주 잃어

버려서 휴지나 종이, 명함, 포스트잇을 접어 끼어두는 일이 더 잦다.

가방에 화장품, 사탕을 마구잡이로 넣고 다니는 습관도 고치려 노력 중이다. 그 모든 게 엉키면 책도 온전하지 못하다. 작가의 마음에서 잉태하고 서점에서 태어나 도서관에 거처를 마련한 책들이 건강하게 장수할 수 있도록 나름, 애쓰는 중이다.

"지금이야말로 위편삼절해야 할 때죠. 돋보기, 기능성 안경들이 좀 많나요? 노안 핑계 대지 말고《논어》,《주역》읽기를 시작해봅시다."

도서관 인문학 프로그램에서 공자, 노자, 묵자 등 동양사상 강의를 맡은 교수님은 수업 내내 매우 적절한 예와 비유를 하며 어려운 이야기를 쉽게 풀어냈는데 뜻도 모르고 듣기만 했던 이야기가 밥을 하며, 커피를 마시다가, 길을 걷다가도 문득 생각이 났다. 그중의 하나가 위편삼절韋編三絕이다. 공자가《주역》을 즐겨 읽어 가죽으로 맨 책의 끈이 세 번이나 닳아 끊어졌다는 뜻으로, 책을 열심히 읽음을 이르는 말이다.

커피 쏟은 책을 그대로 반납하는 것은 잘못된 일이지만 책이 빌렸을 때와 반납할 때가 똑같은 것은 더 부끄러운 일이겠구나, 읽지 않은 책은 더러워진 책만큼이나 도서관에 대한, 책에 대한 도리가 아닐 것 같다.

부지런히 읽어야겠다. 독을 빼고 부끄러움을 채우고 어떤 자극에도 편안해지는 어른이 되기에 여기 도서관만 한 곳이 또 어디 있겠는가.

앞으로는 완동보다는 완독玩讀에 힘써야겠다.

#24

(텃밭)

넘치지도 과하지도 않는,
적당함의 미학

"텃밭이라고? 난 또 아파트라도 된 줄 알았잖아."

자치구 공원녹지과에서 '자투리 텃밭'을 분양받게 되었다는 문자를 받았다. 기쁜 마음에 몇몇의 단톡방에 이 사실을 전했다. '분양 당첨'이라는 단어에 꽂혔던 사람들이 '아파트'가 아니라 '텃밭'임을 확인하고는 전화를 걸어왔다.

도시에서 나고 자란 탓에, 땅에 대해서는 일자무식이다. 일가친척 모두 도시에서 살아 방학이라도 흙을 만져볼 기회는 없었다. 소설을 읽다가 산천과 들녘이 묘사된 구절이 나오면 당최 그림이 그

려지지 않았다. 구불구불한 골목길에서 놀았던 내가 논과 밭, 그 땅을 놀이터 삼고, 푸른 바다를 마당 삼아 뛰놀았던 사람들과 어찌 같을 수 있겠는가.

사실 지금도 데이지꽃인지 개망초인지, 산수유인지 생강나무 꽃인지 편백나무인지 향나무인지 구분하지 못한다. 이렇게 고난도의 유사 종이 아니어도 곰취나물인지 취나물인지, 뽕나무 잎인지 아주까리 잎인지도 모르고 먹는다. 한강 둔치, 아파트 단지, 구청, 학교 주변의 예쁜 꽃들과 나무에 애정을 가득 담아 쳐다보지만 통성명도하지 못한 연인 같다(교육적 차원에서라도 모든 공공시설의 꽃과 나무에 이름표가 붙어 있으면 좋겠다).

어렸을 때, 흑백 TV로 봤던 드라마 〈토지〉의 주인공 서희는 구한말과 일제강점기, 광복에 이르는 민족수난기를 겪으면서도 땅에 대한 집념을 놓지 않았고 결국 땅을 통해 무너진 집안을 일으켰다. 어린 마음에 당차고 독립적인 여성이 되려면 '땅'이 있어야 한다는 막연한 생각을 했던 것 같다.

SNS에 올라오는 회사 선후배들의 크고 작은 텃밭과 과수원, 논밭 그리고 그곳에서 거둔 풍성한 수확물도 텃밭 분양의 결심을 재촉했다. 책상에 앉아 사업 기획안을 쓰고 거래선과 협상을 하고 인사 평가를 하고 재무 관리를 했던 선배들이 농사일에 나섰고 우려와 달리 그들의 논, 밭에서는 농작물이 주렁주렁, 출렁거렸다. 같은 책상에 앉아 있었으니 비슷하게 흉내는 낼 수 있지 않을까. 땅을 글로

만 알고 있는, 서울 사람 콤플렉스를 가진 나에게 텃밭은 서희가 될 수 있는 절호의 기회였다. 구청 홈페이지를 열고 텃밭 분양 지원서를 썼다.

텃밭을 분양받는 날, 입학식 날처럼 마음이 울렁거렸다.

버스로 대여섯 정거장 거리의 아파트 옆 작은 동산 아래 자투리땅에는 직사각형 모양의 텃밭 백여 개가 두부판의 모두부처럼 나뉘어 있었다. 텃밭을 관리하는 공원녹지과 직원들이 신분을 확인하고 서울시 텃밭 현황◦을 담은 책자와 상추, 치커리, 로메인, 열무 모종을 나누어주었다. 텃밭 번호 72호 푯말이 붙은, 2평 남짓 땅의 주인은 이제 나, 우리 가족이다. 1년의 시한부 서희지만 내 땅을 소유하고 경작하게 된 기쁨은 이루 말할 수 없었다.

어리숙한 마음에 밭의 흙도 고르지 않고 모종 간 간격이나 심을 작물의 구획도 제대로 나누지 않은 채 씨를 뿌리고 모종을 심었다. 이 작은 씨앗이, 이 여린 모종이 자라 풍성한 연두빛 들판이 될까? 그러나 나의 애달픈 마음만큼 모종들은 몸집을 키우지 못했다. 도대체 싹은 언제 나오는 건지, 이 상추들을 과연 먹을 수나 있는 건

◦ 　서울에는 총 149개 텃밭(공영 79개소, 민영 70개소)이 운영 중이다.

(텃밭)

지. 물이 부족한가, 영양분이 부족한가? 매일 조급한 마음을 전하니 손을 타서 더 더딘 건지, 별생각이 다 들었다. 달궈진 마음도 식힐 겸, 비가 세차게 내리고 해가 쨍한 날을 피해 텃밭을 찾았다. 못 본 사이 상추는 어린아이 손바닥만큼, 열무는 떡잎에서 본잎이 나오기 시작했다. 아, 놀라워라. 소리 소문 없이 일어난 잉태와 성장에 감탄사가 절로 나왔다.

"빽빽하게 난 부분을 솎아주셔야 합니다. 적당한 양만큼만 따서 드셔보세요. 아주 맛이 좋을 겁니다. 땅에 공기가 들어갈 수 있도록 흙을 골라주시면 더 좋습니다."

공원녹지과 직원들은 눈이 마주치기가 무섭게 달려와 초보 도시 농부에게 이것저것을 일러주었다. 야들한 상추의 연잎을 조심스레 따고 같은 자리에서 뭉텅이로 싹을 틔운 열무의 번잡함을 정리하고 호미로 흙을 골라주었다.

식물들도 사람이 살아가는 방식과 다르지 않은가 보다. 적당한 물과 햇빛, 공기, 바람, 영양분, 숨 쉴 수 있는 공간. 이 모든 것이 넘치지도 모자라지도 않게 균형이 맞아야 했다. 돌보는 일을 게을리하면 시들어 메말라 죽어버리고 시기에 맞지 않은 정성을 쏟아도 실망감만 커지는 것이 꼭 사람을 키우는 일과 같았다.

집에 와 따온 채소를 물에 풍덩 빠트리니 붉은빛의 흙이 물 아래로 고인다. 흙 섞인 물 냄새가 향기롭다. 요즘 마트의 채소들은 씻어서 나오고 LED로 키워서 흙 하나 묻어 있지 않고 벌레 먹은 자국

이나 상처도 없다. 야생에서 자란 치커리, 상추, 적상추, 열무, 로메인은 흙이 가득하다. 흐르는 물에 휘휘 씻어내는데 부주의하게 흩트려도 찢어지지 않고 단단하다. 채소들은 냉장고 속에 며칠을 두어도 기죽지 않고 오랫동안 잘도 버틴다. 고기도 싸 먹고 과일, 치즈, 발사믹 소스와도 먹고 양념에 버무려서도 먹고 그냥 우적우적 씹어도 먹었다. 쌉싸름하고 단맛에, 내가 키웠다는 뿌듯함에 자꾸 손이 간다. 인공감미료에 길들여진 미뢰까지 살아나는 것 같다.

텃밭을 일구면 마트에 갈 일도 없고, 시장에서 야채 사는 일도 없을 줄 알았는데 그건 또 아니었다. 감자, 호박, 양파, 당근, 무를 사러 여전히 마트와 시장에 간다. 하지만 양파나 호박을 된장찌개에 썰어 넣으며 이것 역시 누군가가 애타는 마음으로 키운 것이라는 생각에 꽁지도 허투루 버리지 않는다. 내 자식을 키워봐야 남의 자식 귀한 줄 안다더니, 두 달 남짓한 도시 농부생활에 시장바닥에 아무렇게나 누워 있는 야채도 귀하게 느껴지니 다정도 병이다.
열무에 벌레가 먹고 억세지기 전에 모두 따내기로 했다. 밭에서 따온 열무와 시장에서 사 온 얼갈이를 소금에 절이고 찹쌀풀에 고춧가루와 마늘, 새우젓을 갈아 넣어 열무 물김치를 만들었다. 실온에서 이틀 정도 삭힌 열무김치에 강된장과 고추장을 한 숟가락 넣고 들기름을 휘휘 둘러 비벼 먹으니 입안 가득 풍년이다. 김치를 썰어 넣고 차가운 열무 비빔국수를 해 먹으니 다가올 역대급 더위도 상대할 만하겠다는 자신감이 붙는다.

　물론 그동안 배달해서 식탁에 올린 열무김치의 맛에는 한참 미치지 못한다. 단맛도 없고 엄마 손맛을 내는 감미료도 전혀 넣지 않아서 그저 열무의 푸른 맛만 씹힌다. 몇 달간 부지런히 텃밭에서 땀 흘린 나의 정성과 관심이 조미료를 대신할 뿐이다. 가족들도 그것을 아는 건지, 가족으로의 의리인지 대충 밥그릇을 비워낸다.

　4월 말이 되자 텃밭에 가는 것도 일정한 패턴이 생겼고 농사일에 조언을 들을 텃밭 이웃들도 사귀었다. 아파트 이웃들은 엘리베이터에서 눈이 마주치면 재빠르게 외면하는데 텃밭의 이웃들은 먼저 인사를 하고 자신의 텃밭을 일구면서도 타인의 텃밭을 서성이며 도울 일을 찾는다.

　"이건 명아주예요. 정성스레 키울 게 아니라 뽑아버려야 해요."

　명아주는 나물로 먹기도 하지만 생명력이 너무 강해 다른 식물의 성장을 방해한다는 것이다. 33호 텃밭 이웃은 자기 밭의 상추, 아욱의 모종을 퍼 와서 심어주고 토마토와 고추의 곁순을 따주고 간다. 종류도 다양하고 풍성한 그녀의 밭과 달리 '가능성'만 있고 '발전'은 더딘, (내 텃밭의 닉네임은 '발전 가능성'이다) 단출한 나의 텃밭에 자꾸 뭔가를 주고 싶어 한다.

그런 와중에 일이 생겼다. 며칠간 소나기가 퍼붓더니 제법 큰 덩어리의 우박이 떨어졌다. 텃밭에 갔으니 뭐라도 하고 와야 할 것 같아 우산을 쓰고 고추와 토마토 줄기 몇 개를 툭툭 자르고 갔는데 며칠 뒤 33호 텃밭 이웃이 잘려 나간 줄기를 보며 화들짝 놀란다.

"아이고, 엄마 줄기를 자르셨네요. 하나, 둘, 셋, 넷 다음에 요기 꽃이 피었잖아요. 그러니 여기서 열매가 날 거고, 나머지 가지들, 손 자 줄기를 정리해야 하는데 본줄기를 자르셨네요. 어쩌나. 살까 모 르겠네."

사실, 텃밭 이웃들의 조언을 모두 이해하기는 쉽지 않다. 곁순 을 잘라주라는데 곁순이 뭔지 잘 모르겠고, 농약은 어떻게 뿌리는지 몰라 의도하지 않게 무농약 농사 중이고, 밭 가장자리에 심은 부추 가 잡초처럼 보여 뽑아버리기도 했다. 토마토 중 가장 튼튼하게 자 라던 녀석이었는데 농부라는 모자를 쓰고 그 생명력을 잘라버리다 니, 한심하고 속상했다.

햇볕이 강해지는 여름에 접어들었다.

곁순을 따고 잡초를 뽑는 동안 팔과 다리에 모기가 달려들어 벌겋게 부풀어 올랐다. 낮에 가면 햇빛 때문에 힘들고 밤에 가면 모 기에 물리니, 쉬운 시간대가 없다. 얼굴은 땀에 절어 시커멓고 손톱

사이는 푸르딩딩한 물이 들어 거칠어졌다. 가장 작은 고무장갑도 손가락이 한참 남고 목장갑을 끼면 일이 더디고 요리 장갑을 끼면 땀이 차서, 벌레가 물기 전에 맨손으로 얼른 하고 나오자 했지만 결국 손과 다리 모두 성한 곳이 없었다. 텃밭에서 따온 것들을 신문에 펼쳐 놓으면 텃밭의 벌레가 거실로 기어가고, 자동차 바닥은 흙들로 엉망이 된다. 흙과 사니 단정하기가 쉽지 않다.

처음 따온 청양고추는 매웠지만 달았고 이제 막 두 손가락만큼 자란 가지는 너무 앙증맞고 귀여워 박제해 장난감 과일로 만들어 버리고 싶을 지경이다. 손톱에 푸른 물이 들고 다리에 상처가 나고 얼굴이 검버섯 투성이면 어떠랴. 아무리 꽃단장해봤자 텃밭의 생명만큼 반짝일 수는 없을 테니.

지구의 생명공동체 중 스스로 움직여 방어하거나 공격할 수 없으면서도 가장 멀리, 가장 오래 그 생명력을 퍼트리는 존재. 입에 들어가면 몸 곳곳으로 타고 들어가 영양분이 되는 이 신비한 생명을 내 손으로 직접 키워냈다는 게 놀랍기만 하다. 텃밭에서 따온 가지로 가지볶음을 하고 깻잎순볶음을 하고, 모닝커피와 함께 방울토마토를 먹으며 경이로움에 자꾸 목이 메인다.

이제, 겨울 농사다.

새 농작물을 심으려면 아직 생명이 남아 있는 고추나 가지, 깻잎, 상추, 토마토를 걷어내야 한다. 여전히 튼실한 것들을 뽑아내려니 손이 떨어지지 않는다. 깻잎의 뿌리는 어찌나 미세하게 흙에 얽혀 있는지 허리가 휘청거릴 정도다. 모두 걷어내고 거름과 산화 비료를 뿌리고 삽으로 땅을 뒤집고 곡괭이로 골라주었다. 비료가 충분히 발효되려면 꼬박 보름을 두어야 한다.

집으로 돌아오는 길, 마음이 불편하다. 가을, 겨울 작물에 자리를 내준 여름 작물들이 산더미만큼 쌓여 있는 수레가 한없이 무거워 보였다.

겨울 작물인 배추, 달랑무, 무, 갓 등은 큰 보살핌 없이도 잘 자랐다. 가끔 벌레가 그 잎을 야무지게 먹어 치우지만 식물과 함께 하는 벌레, 균 등은 그들만의 질서와 균형으로 살아가는 것일 테니 특별히 개입하지 않았다. 봄, 여름 농사를 통해 농사는 안달 낼 일이 아니란 것을 깨닫기도 했고, 보름에 한 번씩 웃거름도 착실히 준데다 이상하게 이번 가을, 겨울에는 일주일에 한 번씩은 비가 내려서 물 주러 갈 일도 없었다. 한가롭게 두 달 반이 흘렀고 배추, 갓, 무, 달랑무가 실하다고는 할 수 없어도 김장을 하기에 부족함 없이 자랐다.

커피 가루만 한 씨앗을 심었는데 4인 가족이 한겨울을 나기에 충분한 먹거리를 수확하다니 놀랍다. 다용도실 한쪽에 가득 쌓여 있는 배추, 무, 달랑무, 갓을 보니 까마득하고 두렵지만 동영상과 블로그를 오가며 어찌어찌 달랑무 김치, 파김치, 동치미, 갓김치, 김장김치를 완성했다. 재료를 손질하고 씻고 재우는 일이 힘들었지만 양념을 섞어 넣을 때는 뽀얗던 배추와 무에 붉은색 화장을 시키는 것처럼 신이 났다. 통에 담아 냉장고에 넣을 때는 개미들이 겨울을 나기 위해 부지런히 먹이를 나르는 장면이 떠오르기도 했다.

힘센 무청도 세탁소 옷걸이에 펴서 말리고 퍼런 배춧잎도 시래기로 삶아 냉동실에 저장해 놓았으니 그냥도 먹고 지져도 먹고 볶아도 먹겠지. 옛사람들은 어찌 이렇게 하나도 버리지 않고 말리고 삶아서 생선, 고기와 함께 넣어 먹을 생각을 했는지, 감탄스럽다.

올 한해 초보 농부로 살았지만 여전히 땅에 대해서는 깜깜하다. 농작물의 특성도 생김새도 헷갈리지만 땅을 찢고 태어난 초록이 남긴 메시지만큼은 잊지 않고 있다. 바로 관심과 정성, 그리고 넘치지도 모자라지 않은 적당함이다.

사람 사는 것도 비슷하겠지.

더 가지지 못해 안달 나고, 더 높이 오르지 못해 괴롭고, 인정받지 못해 고통스러운 사람들에게 텃밭 일구기를 권한다. 일찍이 마음의 성장이 멈춰버린 그들이 끝없이 성장하는 농작물들과 함께 조금은 더 큰 사람이 되지 않을까. 땅이 주는 무한한 선물을 누리길 바란다.

시간이 지나면 물건도 낡기 마련이다. 추억이 깃든 물건들을 오래도록 돌봐주는 수선집이 즐비해 있다는 건, 우리 동네가 행복의 빈도가 높다는 증거다. 우리 동네 좋은 동네, 맞는 것 같다.

보통의 하루에서
특별한 의미를
발견할 수 있기를

이 글을 쓰는 동안 두 가지 고민에 빠졌다.

하나는 의미 있는 시간이 담긴 공간을 선정하는 과정이었다. 그 장소나 숫자가 너무도 단출해서 내가 이리도 단조롭게 살아왔고, 평범하게 살고 있나 하는 아쉬움이 느껴졌다. 제법 부산스럽게 살아온 것 같은데, 따지고 보니 이스터섬의 모아이 석상이나 페루의 나스카 라인도 보지 못했고, 아마존을 걷거나 인도양을 항해한 적도 없다.

나의 어제, 오늘, 내일의 일상은 사실 크게 다르지 않다. 앞으로도 북극이나 남극, 사막이나 우주여행은 고사하고 기껏해야 동네 시장이나 병원, 식당, 문화센터, 도서관을 서성이고, 주말이면 인근 둘레길을 걷는 일이 전부일 것이다. 생각이 여기에 미치자 절망스러웠다. 나는 왜 내가 태어난 주소지, 나라를 떠나 더 먼 곳, 더 낯선 곳을 탐험할 용기를 내지 못했을까. 책의 시작은 그러했다.

그러나 막상 심심하기 이를 데 없는 일상의 장소들을 종이에 크게 써놓고 그곳에 있던 지난날의 나와 현재를 사는 나의 이야기들을 꺼내놓고 이리저리 흔들어보니 당시에는 보이지 않던 것들이 기름종이에 번져 올라오듯, 스크래치 페이퍼를 긁어 그 색깔을 드러내듯 천천히 보이기 시작했다. 그때는 너무 어려서 볼 수 없었던 것, 특별함을 탐하느라 지나쳐버렸던 것, 알지 못해 볼 수 없던 것들이었다. 타인과의 교집합을 이루는 그 공간에는 주인공이라고 생각했던 나만이 아니라 가족, 이웃, 친구, 마을이 있었다. 그리고 욕심, 무관심, 다툼 사이로 사랑, 배려, 우정, 관심이 섞여 있었다.

나는 남극이나 북극이 아닌 조그만 학교에서 친구와의 우정을 알게 되었고, 아마존이 아닌 채소와 생선이 무진장 쌓인 시장에서 삶의 애환을 보았다. 불가리아 바르나의 로마 공중목욕탕 유적이 아닌 동네의 허름한 목욕탕에서 때를 미는 인간의 고달픈 나신을 보았다. 서로 주고받고 보살피는 일들, 부대끼며 배려하고 양해하는 일들은 (특별하지만 어쩌다 가는 장소가 아니라) 평범하기 짝이 없지만 친숙한 곳에서 생기고 흘렀다.

(에필로그)

기억은 특정한 공간에서 겪은 특정한 경험, 그리고 그 순간의 감정을 하나로 저장하는 법인데 경험에서 감정을 분리해 되새김질하니 나쁜 기억은 작아지고 좋은 기억은 커지면서 오히려 마음이 더 건강해지는 것을 느꼈다. 치유의 시간이었다.

그랬다. 부모님이 만든 주소지에서, 그 주소를 둘러싸고 있는 일상의 공간들에서 나는 먹고 놀고 배우고 때로는 실패하고 때로는 해내며 성장했다. 그리고 나는 지금의 주소지를 만들며 나의 아이들과 함께 경험과 추억을 만들어가고 있다. 작은 특별함보다 많은 보편의 기억들이 나를 축적해왔음을, 지금의 나를 만들었음을 느낀다.

삶은 지극히 사소한 일들을 얼마나 잘 해냈느냐에 따라 평가된다고 했다. 매일 헬기를 타고 제트스키를 타고 열기구를 탈 수는 없는 일이다. 일상의 합이 삶이고, 우리의 삶의 합이 역사라고 한다면 지금 뚜벅뚜벅 걸어가는 모든 공간에서 벌어지는 이야기가 곧 역사가 될 것이다. 나는 오늘도 우리와 함께 보편의 역사를 만들며 살아가고 있다.

또 다른 고민은 나의 것이라 믿었던 기억이 사실은 TV에서 보거나 책에서 읽은 것, 친구들이나 가족들에게 들은 사건이 이식되거나 뒤엉켜 덧입혀진 것은 아닐까 하는 의구심이었다. 글을 쓰면서도 내가 보았던 것, 내가 겪었던 것, 내가 느꼈던 것이 맞을까 하는 의문이 떠나질 않았다. 올바른 기억을 찾으려 앨범, 기사, 자료들을 뒤졌지만 나의 기억을 정확하게 증명해내지는 못했다.

그때, 그곳을 가보기로 했다.

수유동, 쌍문동, 북한산, 종로 거리, 남대문 옆 태평로, 청파동, 서울역, 청량리역, 강릉 앞바다 등 나를 키워낸 장소와 공간의 한복판에 서 있으니 오래전 닫힌 청춘의 기억이 분수처럼 솟구쳐 올랐다. 함께 간 친구, 동료들도 서로의 사연이 마중물이 되었는지 시간의 저편에서 잠자던 기억을 끌어올렸다. 한바탕 왁자지껄, 추억을 토해냈다.

서로의 이야기가 단서가 되어 사실관계가 파악되기도 했고, 그때는 몰랐던 이유를 알기도, 끊어진 소식이 연결되기도 했다. 무엇보다 어른의 마음으로 어릴 때의 나를 들여다볼 수 있는 시간이었다.

동시에 내가 살았던 곳이 맞나 싶은 정도로 상전벽해桑田碧海한 지금의 모습에 울컥 눈물이 났다. 어린 시절 고무줄놀이를 하던 수유리 골목은 아파트나 빌라촌으로 변했고, 술래잡기와 얼음땡 놀이를 하던 아카데미하우스, 4·19학생혁명기념탑 주변은 카페 거리가 되었다. 청춘의 상징이었던 종로의 뒷골목은 나이 들고 주름져 있었고, 밥벌이 노동의 버거움을 위로해주던 남대문 옆 태평로 뒷골목의 노포들도 자취를 감추거나 이전했다. 수유리, 미아리, 청파동의 학교만이 예전의 주소지에서 그대로 발견될 뿐 인근의 분식집이나 즐겨 찾던 만화방은 흔적조차 찾을 수 없었다.

(에필로그)

당연한 일이었다. 지난 4~50년의 세월 동안 우리나라의 모든 곳에 경제적 가치가 개입해 변하지 않을 것만 같던 곳은 트렌드를 입고 핫플레이스가 되었고, 크고 화려했던 곳은 세월과 함께 쇠락했다. 추억이 증발하고 기억을 도둑맞은 것 같았지만 크고 거대하게 느껴졌던 곳이 사실은 자그마한 언덕이었음을 목격하고, 오래전의 기억은 어느 정도 왜곡되거나 뒤섞일 수밖에 없는 것이라는 결론을 얻었다.

본디, 모든 이야기에는 사실과 거짓, 사실 같은 거짓, 거짓 같은 사실이 섞여 있다. 진짜냐 아니냐 보다 중요한 것은 어떻게 하면 그것들을 우리의 미래를 위한 제언으로 발전시키느냐는 것이다. 과거의 추억이, 모든 순간의 공간들이 우리를 더 가깝게 하는 불쏘시개로 쓰이길 바라며 이 글을 마무리한다.

2024년, 자양동에서

모든 시간의 공간들

1판 1쇄 인쇄 2024년 11월 8일
1판 1쇄 발행 2024년 11월 15일

지은이 이주희
펴낸이 고병욱

기획편집실장 윤현주 **책임편집** 신민희
마케팅 이일권 함석영 황혜리 복다은 **디자인** 공희 백은주
제작 김기창 **관리** 주동은 **총무** 노재경 송민진 서대원

펴낸곳 청림출판(주)
등록 제2023-000081호

본사 04799 서울시 성동구 아차산로17길 49 1010호 청림출판(주)
제2사옥 10881 경기도 파주시 회동길 173 청림아트스페이스 (문발동 518-6)
전화 02-546-4341 **팩스** 02-546-8053
홈페이지 www.chungrim.com **이메일** cr1@chungrim.com
블로그 blog.naver.com/chungrimpub
페이스북 www.facebook.com/chungrimpub

ⓒ이주희, 2024

ISBN 978-89-352-1465-5 03810